Christian Hug

AF200103

Ich meinti

Die 40 besten besten Kolumnen
aus der Nidwaldner Zeitung

www.christian-hug.ch

Kleinkrieg auf dem Parkplatz

Sie erinnern sich vielleicht, was ich letzthin über Bäume gesagt habe. Dass mir der Gedanke gefällt, dass Bäume für jedes einzelne ihrer Blätter einen Entscheid fällen, wann sie es im Frühling aus der Knospe treiben und wann sie es im Herbst abwerfen. Dazu ist mir letzte Woche eine Geschichte passiert, die ich Ihnen gerne erzählen möchte. Die geht so:

Hinter dem Haus, in dem ich wohne, wächst ein schöner grosser Nussbaum, der seine grüne Blätterpracht direkt vor meinem Bürofenster ausbreitet. Dieses Jahr hat er so viele Nüsse getragen wie noch nie, weshalb ich schon zweimal bis fast zuoberst in die Baumkrone hochgeklettert bin und kräftig an meinem Pflanzenfreund gerüttelt habe (ist übrigens tierisch anstrengend). Die Nüsse purzelten zu Hunderten von den Ästen, und ich fand es lustig, welch heftiges Knallen sie verursachten, als einige davon auf die Kühlerhauben der Autos aufschlugen, die auf dem angrenzenden Parkplatz abgestellt waren.

Seit Wochen ist das Knallen von Nüssen auf Autoblech immer wieder ein kleines Unterhaltungs-Highlight in meinem Büroalltag. Bis vor vier Tagen. Da krachte es zuerst einmal, dann ein zweites Mal und kurz darauf – tacktacktack – dreimal hintereinander. Und ein viertes und fünftes Mal in den folgenden Sekunden.

Ha!, dachte ich mir, hab ichs doch gewusst! Bäume sind eigenständige Wesen, die selbstständig Entscheide fällen, und der Nussbaum im Garten attackiert gerade parkierte Autos, weil er die doof findet! Wegen der Abgase und so. Mir wurde klar: Hier draussen herrscht ein Kleinkrieg

4

Natur gegen Technik! Dieses Spektakel wollte ich natürlich mit eigenen Augen sehen, weshalb ich das Bürofenster öffnete und mich in freudiger Erwartung weiterer Nussbombardements hinauslehnte.

Aber alles, was ich sah, waren zwei Elstern, die sich im Geäst über den Autos um irgend etwas stritten. Ausgerechnet! Sie wissen ja, Elstern sind die Terroristen der einheimischen Vogelwelt, die machen dauernd Ärger, auch diese zwei, sie hüpften zeternd in den Ästen umher, und das war der Grund, warum so viele Nüsse runterfielen.

Leicht enttäuscht schloss ich das Fenster und vertiefte mich wieder in meine Arbeit. Aber es fiel mir schwer, mich zu konzentrieren. Denn jetzt schwirrten neue Gedanken in meinem Kopf umher: Was ist, wenn nicht der Baum den Kleinkrieg führt gegen die Technik, sondern die Elstern? Wenn diese Vögel ganz gezielt auf den Ästen rumhüpfen, damit die Nüsse auf die Autos knallen? Vielleicht denken sie dabei nicht mal an eine Attacke, sondern amüsieren sich genauso wie ich einfach nur über den dumpfen Knall des Aufpralls und beobachten dann wie ich die Autobesitzer, die ganz besorgt und halb verärgert den Lack nach Kratzern absuchen. Vielleicht hat sich sogar der Baum mit den Elstern verbündet?

Und zack war ich schon wieder vollbeschäftigt mit Fragen, die wir Menschen mit unserer Wissenschaft nie werden beantworten können. Eines aber ist für mich sonnenklar: Man sollte Elstern nie unterschätzen. Und Nussbäume auch nicht.

— **September 2014** —
Hier ausnahmsweise mal eine Leseempfehlung zum Thema Bäume:
Alles von Peter Wohlleben und «Das Leben der Mächtigen» von Zora del Buono.
Erweitert den Horizont.

Heiteres
Frauenraten

Vorige Woche kam meine Liebste mit einem neuen Buch nach Hause. Das ist nichts Ungewöhnliches, sie kommt dauernd mit neuen Büchern nach Hause, und die liest sie dann mit grosser Begeisterung. Aber dieses Buch war anders. Es heisst «Legendäre Frauen» und weckte mein Interesse, weil ein dickes Set schöner Karten mit Quizfragen dazugehörte.

Ich mag Fragespiele. Deshalb legten meine Liebste und ich gleich los: Was verheimlichte die Piratin Mary Read? Wie hiess die Widerstandsgruppe, der Sophie Scholl angehörte? Welchen Satz setzte Elisabeth Selbert für das deutsche Grundgesetz durch? Und dann kam die Karte mit der Frage, die so beginnt: Wessen Spätwerk wird in der Frauenforschung…

Weiter kam ich nicht mit Lesen, weil ich gredi use losprusten musste: Frauenforschung! Es gibt Frauenforschung? Meine Liebste schaute mich an, als wäre ich gerade von hinter dem Mond hervorgekrochen. Aber im Ernst: Was wird denn da geforscht? «Darüber, was Frauen in der Geschichte alles geleistet haben», sagte sie so sanft und wohlwollend wie möglich. «Aber ist das denn nicht Geschichtsforschung?», fragte ich zurück und sinnierte: Wenn es eine Frauenforschung gibt, dann müsste es auch eine Männerforschung geben, aber davon ist mir nichts bekannt. Und wenn es tatsächlich eine Männerforschung gäbe, dann wäre die schon vor 40'000 Jahren abgeschlossen worden.

Weil es da eigentlich nicht viel herauszufinden gibt. Männer mögen Frauen, nochmal Frauen und vor allem Frauen. Okay, auch ein bisschen Fussball, aber der ist erst vor hundert Jahren hinzugekommen. Der Rest ist Job (aber den machen wir hauptsächlich deshalb, weil wir unsere Frauen ernähren wollen) und Auto (die haben wir aber ausschliesslich deshalb, weil wir unseren Frauen imponieren wollen).

Aber meine Liebste hat schon recht (hat sie immer): Frauen sind da etwas differenzierter. Und genau das erforscht die Frauenforschung. Herausgefunden habe man inzwischen extrem viel, aber sämtliche Thesen seien bis jetzt nicht abschliessend verifiziert. Vielleicht ist mir deshalb noch nie aufgefallen, dass es Frauenforschung gibt. Weil Männer wie ich bei einem Forschungsbuch mit dem Titel «Die Stellung der Frau im Wandel» etwas anderes verstehen als Frauen wie meine Liebste.

Wir beschlossen, das Thema ein andermal zu erörtern, und widmeten uns wieder dem Fragespiel: Welche Feministin prägte das Zitat «Man wird nicht als Frau geboren, man wird dazu gemacht»? Das wusste ich: Simone de Beauvoir. Habe ich gelesen. Aber nichts begriffen. Ist viel zu theoretisch.

Die Frage mit der Frauenforschung ging übrigens so: Wessen Spätwerk wird in der Frauenforschung als «Paradigma weiblichen Schreibens» angesehen? Auch das wusste ich: Ingeborg Bachmann. Habe ich auch gelesen. Ist extrem verknorzt.

— **November 2014** —
Kleines Quiz für die Herren: Stellen Sie sechs Fragen zusammen, deren Antwort immer Ihre Frau ist, und lassen Sie Ihre Freunde raten. Geht übrigens auch umgekehrt.

51 Möglichkeiten
zur Freundschaftspflege

A m Samstag nächster Woche ist Valentinstag, und man weiss dieses Jahr gar nicht so recht, was man lustiger finden soll: Dass der Tag der Freundschaft mitten in der Fasnacht gefeiert wird, wo erfahrungsgemäss die eine und andere langjährige Beziehung wegen einer vor Freude trunkenen Spontan-Vereinigung mit einer Drittperson ein Ende findet. Oder dass man nach dem Freitag, dem 13., am Valentinstag wieder Hoffnung und Zuflucht findet in soliden Freundschaften.

Die Entscheidung überlasse ich natürlich Ihnen. Ich für meinen Teil tendiere zu Letzterem. Deshalb beschloss ich, mich seriös auf den Valentinstag vorzubereiten, und machte mich auf die Suche nach einem schönen Geschenk für meine Liebste. Und da es in unserem Kanton kein Fachgeschäft für Valentinstage gibt, begab ich mich ins Internet. Dort landete ich innert 0,38 Sekunden bei Tausenden von Links zu Blumenläden – logisch, weil der Valentinstag ja eine Erfindung der Floristen ist. Aber Blumen waren mir ein bisschen zu einfach.

Da fiel mir ein, dass am Valentinstag (wie originell!) die Verfilmung von «Fifty Shades of Grey» in die Kinos kommt. Vielleicht haben Sie den Schmachtschinken gelesen: Eine graue Büromaus verliebt sich in einen bunten Millionärs-Geck, der Frauen gerne den Arsch versohlt. Auf Seite 100 des ersten Bands geben sich die beiden den ersten Kuss, und es beginnt eine heitere Freundschaft, die sich über zwei weitere Bände hinzieht.

Ich gebe also «Fifty Shades of Grey» ein – und lande prompt auf einer Seite, auf der man neben einer monatlichen Lovebox und sexy Dessous auch die «official Pleasure Collection» zu besagter Lovestory bestellen kann. Die Kollektion beginnt mit dem wasserbasierten Gleitgel «Ready

For Anything», weil ja «Fifty Shades of Grey» so eine gschlüpfrige Geschichte ist, und einer «Christian Grey»-Krawatte. Es folgten die «You.Are.Mine»-Handschellen und die «Restrain Me»-Bondage-Seile, die aussehen wie Wäscheleinen, aber zehnmal teurer sind. Die sind aber wahrscheinlich genauso wenig zur Hausarbeit gedacht wie die «The Pinch»-Nippelklemmen zum Wäscheaufhängen. Und bei der «Massage Me»-Massagekerze fragte ich mich, wie um Himmels willen ich denn eine Kerze einmassieren soll. Auch die «Please, Sir»-Peitsche sagte mir nicht zu, weil ich nicht vorhatte, meiner Liebsten ein Pferd zu schenken. Die «After Spanking»-Pflegecreme setzte meinem Interesse an dieser Seite ein Ende.

Ich habe dann im Internet noch ein bisschen weiter gesucht, aber nichts gefunden, das mich begeistert hätte. Aber noch habe ich ja eine Woche Zeit, über ein schönes Geschenk nachzudenken. Vielleicht sind Blumen doch keine so schlechte Idee.

— **Februar 2015** —

Im dritten Teil der Verfilmung von «50 Shades of Grey» sagt Christian Grey: «Du willst also spielen?», und Ana Grey antwortet: «Ja, Sir ... Christian.» Ich muss zugeben: Diese Szene fand ich interessant.

Vom Vorteil des Verzichts

Also für diejenigen, die sich in unserem christlichen Kulturkalender nicht mehr so gut auskennen: Wir befinden uns gerade in der Fastenzeit. So heissen die 40 Tage zwischen Fasnacht und Ostern, in denen man auf etwas verzichtet, das einem lieb ist. Also zum Beispiel nicht mehr fernsehen. Oder keinen Alkohol trinken. Das ist eine Art Selbstkasteiung, vergleichbar mit dem Gepeitsche von «Fifty Shades of Grey», nur eben mit dem Unterschied, dass man beim Fasten auch noch etwas lernt, und zwar über sich selber. Immerhin ist Selbsterkenntnis heutzutage beliebt, obwohl die Fastenzeit ziemlich in Vergessenheit geraten ist. Weil sonst würden ja all die esoterisch angehauchten Hatha-Yoga-, Glutenfrei-Kochen- und Ausdrucks-Malen-Kurse nicht so heftig boomen.

Ich persönlich verzichte dieses Jahr auf Fleisch. Das fällt mir natürlich schwer, denn ich bin ein wahrer Meister der Wurschtredli-Vertilgung. Nun muss ich zwar still hungernd vor mich hin leiden. Aber ich kann mir dabei Gedanken darüber machen, was es für mich bedeutet, Tiere zu töten, um Fleisch zu essen.

Ich lerne, indem ich beobachte. Einerseits natürlich mich selber. Anderseits meine Umwelt: Letzthin schlenderte ich sehnsüchtig durch die Fleischabteilung eines Grossverteilers und wurde Zeuge, wie ein junges Paar die Auslage studierte. Der Mann ergriff ein Pack Plätzli vom Bio-Rind und hielt seiner Frau stolz die Beute zur Begutachtung hin. «Spinnsch», sagte diese wie aus dem Schlagbolzen geschossen, «das isch vill tüürer!» Da hat sie logischerweise recht: Fleisch von Tieren, die respektvoll behandelt und gesund ernährt werden, ist mehr wert als dasjenige von Tieren, die in winzigen Ställen mit Chemie vollgepumpt werden. Die

Frau entschied sich dann für das Chemiefleisch. Ich hoffe bloss, sie kriegt davon keine Pickel oder Intoleranzen oder so und muss deswegen nicht einen Anti-Allergie-Kochkurs besuchen.

Handkehrum hielt ich letzthin in einem Superkorrekt-Bioladen Ausschau nach nicht-karnivorischen Nahrungsmitteln. Weil es ist im Fall wahr: Tofu kann tatsächlich lecker sein. Aber dann entdeckte ich einen Beutel, der eine «Würzmischung zur Zubereitung von veganem Rührei» enthielt, und ich musste dermassen laut herauslachen, dass sich alle Kunden im Laden ein bisschen beleidigt fühlten. Aber warum sollen Leute, die freiwillig auf echte Eier verzichten, vegane Rühreier essen? Oder Tofu bräteln, der aussieht wie Bratwurst?

Aus beiden Beobachtungen lernte ich, erstens: Wer auf Fleisch verzichtet, soll auch aufs Jammern verzichten. Zweitens: Wer Fleisch isst, muss sich entscheiden zwischen industrieller Ausbeutung der Tiere und Anstand gegenüber den Tieren. Und drittens: Wer das billige Fleisch wählt, darf nicht über Pickel jammern.

Mit dieser Erkenntnis harre ich bis Ostersonntag aus: Dann brate ich für alle meine Lieben einen leckeren, grossen, saftigen Lammgigot. Vom Bio-Hof.

— **März 2015** —
Der neuste Gag der veganen Moralpolizei: Biokömmlich-Brötchen
à 75 Gramm das Stück. Die sind glutenfrei, hefefrei, backpulverfrei und mehlfrei.
Trotzdem sollen sie fein, nahrhaft und vollwertig sein. Sagt die Werbung.

Neue Musik, neue Erkenntnis

Neulich hat ein Kollege angerufen: Er habe seine CD-Sammlung ausgeräumt und ob ich die haben wolle. Klar wollte ich die haben, weil ich wahrscheinlich der letzte CD-Sammler der Welt bin, dies dafür unerschütterlich im Glauben an die Kunst der Musik. Deshalb können Sie mich übrigens jederzeit anrufen, wenn Sie Ihre CDs loswerden wollen.

12

Keine zwei Minuten später war ich also unterwegs zu meinem Kollegen. Der Weg zum Haus, in dem er wohnt, führte an einem kleinen Spielplatz vorbei, Sie wissen schon, eine dieser Spielwiesen für Kinder, die man in Neubausiedlungen zwischen die verdichteten Häuser klemmt und ein mit Gummimatten unterlegtes Gigampfi oder sowas draufstellt, damit die Kinder auch mal was Aufregendes erleben.

Auf besagter Spielwiese verspricht ein Kinder-Fussballgoal das Abenteuer, es ist keine zwei Meter hoch und aus dünnen, leichten Aluminiumstangen gefertigt. Tatsächlich standen zwei abenteuerlustige Buben beim Goal, beide etwa zehn Jahre alt. Anscheinend hatten sie gerade herausgefunden, wie untergewichtig die Aluminiumkonstruktion war, weil sie das Ding kichernd auf die Wiese legten und wieder aufstellten, um es umgehend wieder umzulegen.

Da öffnete sich ein Fenster im Haus meines Kollegen, es muss ein Küchenfenster gewesen sein, wie ich später schlussfolgerte. Ich sah nur eine blasse Nasenspitze und hörte eine mütterlich besorgte Frauenstimme, die sagte: «Möchid das ned, das isch mega gföhrlich.» Aber sie sagte das nicht so, wie es hier steht. Es klang viel mehr wie eine zähflüssige Melasse, die müde aus ihrem Mund tropfte: «Daas iisch meeeeega gföööööhrlich.»

Die Kinder fragten natürlich das, was Kinder immer fragen: «Warum?»
Die Stimme aus dem Küchenfenster-Off erklang nun über die Wiese
wie die Melasse, die inzwischen auf den Boden getropft ist und sich nun
pampig ausbreitet: «Daas iisch iim Faalll meeeeeeeeeega gfööööö-
öööööhrlich.» Sie brauchte etwa fünf Sekunden für diesen immerhin
grammatikalisch korrekten Satz.

Aha. Ich wusste gar nicht, dass kleine leichte Kindergoals so lebensbe-
drohlich sind. Und als die beiden Buben geknickt davontrotteten, fragte
ich mich, ob es überhaupt möglich ist, dass die beiden dereinst ordentliche Holzfäller werden können. Oder Metzger. Oder Fussballer. Und ob sie
überhaupt mal fähig sein würden, die Gefahren des Alltags zu überleben
und selber Kinder zu erziehen.

Das wird die Zukunft zeigen. Ich jedenfalls klingelte bei meinem Kollegen
und erhielt eine Schwetti Heavy-Metal-CDs, das richtig harte Zeugs. Eine
davon war von einer Band namens Vader, darauf ist ein Song, der heisst
«Foreward to die!!!». Mit drei Ausrufezeichen.

— April 2015 —
Ich verrats jetzt hier: Mein «Song fürs Leben» heisst «Run Free»
und ist von Si Cranstoun.

Achtung:
Sex!

Letzthin sagte mir eine Kollegin, dass ein Kollege ihr gesagt habe: Ha, der Hug, der denkt immer nur an Sex. Da war ich natürlich ziemlich irritiert, weil das stimmt im Fall überhaupt nicht: Manchmal denke ich auch an etwas anderes. Zum Beispiel daran, dass ich neulich nach der Motorfahrzeugkontrolle für 400 Franken einen Schaden an meinem Auto beheben musste, der bei der letzten Kontrolle ohne irgendwelche Probleme durchgekommen ist. Das hat mich wirklich sehr beschäftigt. Weniger wegen der Kosten, sondern vielmehr wegen der Zuverlässigkeit von Kontrollen und Kontrolleuren.

Aber der Kollege der Kollegin hat insofern recht, als mich Fragen über das Mann- und das Frau-Sein tatsächlich interessieren. Und Fragen darüber, wie die Dinge zwischen Männern und Frauen so laufen, noch lange vor dem Sex. Nehmen wir zum Beispiel Facebook, die Internet-Plattform, wo sich jeder und jede der Welt präsentieren kann, wie er oder sie wirklich ist. Oder wirklich zu sein glaubt. Wer sich bei Facebook anmeldet, kann in der Rubrik «Geschlecht», englisch «Gender», aus sechzig Möglichkeiten auswählen. Bisher dachte ich ja immer, es gibt nur zwei Geschlechter: Männer und Frauen. Weil das ja schon rein optisch unschwer zu erkennen ist. Und dann gibts noch die, die die Merkmale beider Geschlechter an und in sich vereinen, und die haben dann zugegebenermassen gewisse Entscheidungsschwierigkeiten.

Aber auf Facebook sind sechzig Optionen aufgelistet. In Ziffern: 60! Da bin ich total überfordert. Was genau ist ein «Transmensch»? Und was ist der Unterschied zwischen «Transmensch» und «Trans*Mensch»? Was zum Kuckuck ist ein «Two Spirit drittes Geschlecht»? Und was zum Geier ist mit «nicht-binär» gemeint? Herrje! Dürfen nur Französinnen die Rubrik

«Femme» ankreuzen? Es gibt «Viertes Geschlecht», «XY-Frau» und «geschlechts-los». Das einzige, was es nicht gibt in dieser Liste, sind die Geschlechter «Mann» und «Frau».

Wie um Himmels Willen soll man sich da noch zurechtfinden? Und was war ich denn bis anhin, wenn die simplen Rubriken «Mann» und «Frau» gar nicht mehr existieren? Um auf den Kollegen meiner Kollegin zurückzukommen: Mir ist die Lust am Nachdenken über Sex gründlichst vergangen. Weil ich jetzt herausfinden muss, was ich vorher war und was ich jetzt sein soll, und vor lauter Grübeln bin ich nur noch mit mir selber beschäftigt. Und dann passierte Folgendes: Als ich vor ein paar Tagen über diese Fragen verzweifelt grübelnd über den Dorfplatz trottete, tippte mir eine Frau auf die Schulter und sagte beleidigt: Hey, du beachtest mich ja gar nicht mehr.

Die Ironie der Geschichte: Diese Frau und ich sind auf Facebook befreundet.

— Juni 2015 —

Es ist so: Es gibt das Geschlecht, das sind Mann oder Frau.
Dann gibt es Gender, das beschreibt, wie wir uns hinsichtlich
unserer Sexualität fühlen. Deshalb bin ich strikte gegen gendergerechte
Sprache. Weil es nicht die geringste Rolle spielt, wie ich mich fühle,
wenn ich zum Beispiel in der Migros Vogelfutter kaufe.

50 Shades
of Happiness

Heute möchte ich ausnahmsweise mal von mir erzählen. Denn ich bin letzte Woche fünfzig geworden, und dazu habe ich mir ein paar Gedanken gemacht.

Muss man ja irgendwie auch, denn in den Männerheftli und in den Frauenmagazinen und natürlich auch im Internet wird ja viel geschrieben über das Älterwerden und den Jugendwahn, und da kommt man als Direktbetroffener nicht drum rum, das Zeugs zu lesen. Aber was die da schreiben, ist die immergleiche Litanei des Klagens: Oh, jetzt bin ich schwuppdiwupp schon dreissig / vierzig / fünfzig (je nachdem), und die Knochen klappern und es fängt schon an, überall zu zwicken und zu zwacken und die Haare werden schütter (Männer) und die Haut wird schwabbelig (Frauen) und die Kinder werden immer grösser (Männer) und schöner (Frauen) und man macht jetzt Selbstkasteiungssport als Frischhaltemassnahme (beide) und ertränkt seinen Altersfrust in selbst gemachten Smoothies aus Biofrüchten (beide). Da wird also immer gejammert, und am Ende üben sich die Erzähler und Erzählerinnen in Zweckoptimismus und schreiben alle exakt den gleichen Mumpitz, und der geht so: Aber hey, ich fühle mich immer noch wie zwanzig.

Also ich finde das lächerlich (und das ist sehr freundlich formuliert): Erst jammern und sich dann die Situation schönreden mit der Ausrede, man fühle sich im Fall aber immer noch jung.

Wenn das wahr wäre, würde das ja bedeuten, dass man aus den letzten 30 Jahren nichts gelernt hat. Aber wir sind in jedem Alter immer die Summe unserer Erfahrungen. Und das, was wir aus den Erfahrungen lernen, ist unser Lebensgefühl. Es ist also gar nicht möglich, 50 zu sein und sich wie 20 zu fühlen – ausser eben, wenn da nichts hängengeblieben ist. Darum sollte man nicht jammern und sich schon gar nicht selber jungreden, sondern sich über seine Erfahrungen freuen und weiterhin das Beste draus machen.

Deshalb möchte ich es hier klipp und klar in die Welt hinausrufen: Ich bin gerne 50! Ich finde es toll, schon so viele Erfahrungen gemacht zu haben und so viel daraus gelernt zu haben. Ich weiss heute, was ich will und was ich nicht will. Und was ich will, das habe ich, und was ich nicht will, das spielt in meinem Leben keine Rolle mehr. So habe ich mir das eingerichtet, und das ist ein grossartiges Gefühl. Kein Selbstkasteiungssport und keine Biosmoothies. Schütteres Haar? Falten? Na und! Ich fühle mich exakt wie 50! Deshalb habe ich mir jetzt einen Bart wachsen lassen. Damit ich irgendwie auch wie 50 aussehe.

So. Das wollte ich noch sagen. Das nächste Mal gibts ein ordentliches Nicht-Selfie-Foto und dann schreibe ich wieder über meine Vögel.

— Juli 2015 —

Auf diese Kolumne erhielt ich aussergewöhnlich viele Reaktionen, allesamt positiv. Das hat mich sehr erleichtert.

Kleinste Aggressionen

Stellen Sie sich vor, Sie haben Lust auf einen … sagen wir: Kebap. Sie gehen also in einen Kebapladen, suhlen sich ein wenig in der öligen Luft und bestellen einen Döner mit alles ohne Scharf, weil Sie nicht so der scharfe Typ sind. «Oh, kein Scharf?», sagt dann der nette Türke hinter dem Tresen, und Sie erwidern «ja, kein Scharf.»

«Aber hey», sagt da eine Stimme hinter Ihnen, Sie drehen sich um und sehen einen weiteren netten Türken, er wartet, bis er dran ist, «aber hey», sagt er also, «Döner muss mit Scharf, das ist in der Türkei so und ich bin Türke! Willst du mich beleidigen?» Der Mann hinter dem Tresen blickt grimmig. «Aber der ist Schweizer», sagt er, «der hat lieber Senf.» Haben Sie aber nicht, darum antworten Sie: «Nein nein, hab ich nicht.» Worauf der Mann hinter dem Tresen: «Hey, ich weiss alles über Schweizer! Willst du mich beleidigen?» Nun fühlen Sie sich ein bisschen beleidigt, weil ein Nicht-Schweizer niemals alles über die Schweizer wissen kann, weil nicht mal die Schweizer alles über sich wissen.

Augenblicklich erkennen Sie: Sie sind unverhofft in eine missliche Situation geraten. Und Sie ahnen: Hier kommen Sie nicht mehr heil raus. Weil alles, was ab jetzt gesagt wird, die Situation nur noch schlimmer macht.

In Amerika hat diese Art Umgang unter überanständigen Menschen einen Namen: Mikroaggression. Ja, Mikroaggression. So bezeichnen unsere lieben Freunde aus Übersee eine Situation, die entsteht, wenn einer etwas sagt, das neutral gemeint ist, aber ein anderer sich deswegen angegriffen fühlt – egal warum. Eben zum Beispiel, weil in der Türkei Döner mit Scharf gegessen werden.

Ein anderes Beispiel: Einer sagt: «Ich bin kein Rassist, ich bin farben-blind.» Worauf sich ein «black and proud»-Farbiger nicht ernst ge-nommen und sich ein nationalistischer Chinese echt angepisst fühlt.

Mikroaggression also. Das ist die Steigerung von Political Correctness. Weil man, um Mikroaggressionen zu vermeiden, dermassen extrem politisch korrekt daherreden muss, dass man eigentlich gar nichts Ver-nünftiges mehr sagen kann. Weil jederzeit die Möglichkeit besteht, dass sich jeder irgendwie wegen irgendwas persönlich beleidigt fühlen könnte.

Als ich dieses Wort zum ersten Mal in einer Zeitung gelesen habe, wurde mir angst und bange: Wir übernehmen ja gerne alles, was aus Amerika kommt, das haben wir ja auch mit der Political Correctness getan, und die hat uns schon mehr als genug Probleme beschert. Aber was ist, wenn wir auch das Mikroaggressions-Gejammer übernehmen? Herrje! Dann können sämtliche Kebapläden schliessen, weil sich niemand mehr traut, einen Döner zu bestellen.

— **September 2015** —
Das war ein ziemlich komplizierter Text.
Aber das ist die Sache mit den Mikroaggressionen ja auch.
Vor allem unnötig kompliziert.

Ein Beinahe-Rumpeln im Gedärm

Vielleicht können Sie sich daran erinnern, dass ich erst vor ein paar Wochen gejauchzt und frohlockt habe, weil ich 50 geworden bin. Hei, das war wirklich schön. Es fühlte sich irgendwie erwachsen an. Aber die Euphorie der fünf Jahrzehnte dauerte leider nicht sehr lange. Um genau zu sein nur ein paar Tage.

Denn etwa eine Woche nach meinem Geburtstag ging ich in die Apotheke meines Vertrauens, weil ich diese feinen Kaugummi mit Grüntee-Geschmack kaufen wollte. Die sind aus irgendeinem Grund nur dort im Angebot, sind glaub speziell zahnfleischschonend oder antibakteriell oder sowas, auf alle Fälle teuer, aber lecker. Aber als ich die Apotheke betrat, war der ganze Eingang vollgeklebt mit riesigen Plakaten. Sie waren links und rechts positioniert, eines war sogar auf den Boden gepappt, im vordersten Regal standen Flyer mit demselben Sujet drauf, und jedes Plakat schrie mich förmlich an mit den Worten: «50plus: dann direkt zur DARMKREBS VORSORGE!» Ja, die Wörter waren wirklich in Grossbuchstaben geschrieben mit einem dicken fetten Ausrufezeichen dahinter. Direkt – zur – Darmkrebs – Vorsorge – Ausrufezeichen – wenn – ich – 50plus – bin.

Ich war so irritiert, dass ich zuerst sogar den peinlichen Schreibfehler übersah. Nicht genug, dass mir die Lobbyisten von der Pillenindustrie die Lebensfreude ab 50 verleiden wollen mit Prostata-Problemen, Osteoporose-Frühdiagnose, Übergewichts-Überreaktionen, Antivergesslichkeitstraining, Blutdruck-Horror und Schwerhörigkeits-Konfusion, nein, jetzt muss ich auch noch um meinen Darm fürchten und soll zur Darmkrebs-Vorsorge. Und was sagen die mir dann? Trinken Sie jeden Tag ein Glas frischen Rüeblisaft, machen Sie nach dem Essen brav Bäuerchen und schlucken Sie täglich drei von diesen extraneuen, extratollen besonders wirksamen Tabletten, jetzt zum Darmkrebs-Prophylaxe-Sonderpreis?

Alles, was gut und recht ist. Aber echt jetzt? Ich will mich ja keinesfalls lustig machen über diejenigen, die tatsächlich an wirklich echtem Darmkrebs leiden. Aber ich werde mir mein schönes Leben nicht von noch mehr vorsorglicher Krankheits-Panik vermiesen lassen. Und ich werde weiterhin echten Tabak rauchen, starken Alkohol trinken, zu viel essen und zu wenig schlafen. Weil ich das so will und weil es mir Freude bereitet. Punkt.

Ich schritt verächtlich an den Darmkrebs-Vorsorge-Plakaten vorbei, kaufte meine Teekaugummis und verabschiedete mich freundlich, aber bestimmt. Draussen war ein schöner Tag. Die Sonne schien, ein frisches Windchen wehte, jemand winkte mir lächelnd zum Gruss, ein Auto hupte, es war herrlich.

— **Oktober 2015** —

Ja, das Leben ist schön!

Philosophische Vögel

Wie Sie wahrscheinlich wissen, leben zwei Wellensittiche in unserem Wohnzimmer, der eine ist grün, der andere gelb, darum heissen sie der Grüne und der Gelbe, obwohl der Gelbe ein Weibchen ist und eigentlich die Gelbe heissen sollte, aber darüber hat sich der Gelbe noch nie beschwert. Die beiden Vögel hausen also in unserer guten Stube und tun, was Vögel so tun: Sie fliegen hin und her, unterhalten unsere Gäste und fressen die Bücher in den Regalen. Am Abend ziehen sich die beiden in ihren Käfig zurück und erzählen meiner Liebsten und mir lauthals, was sie den ganzen Tag über gemacht haben – am liebsten immer dann, wenn wir gerade fernsehen. Wir kommen also regelmässig in den Genuss kommentierter Nachrichten.

Seit ein paar Tagen hat der Grüne aber keine Zeit mehr für irgendwelche Kommentare. Er sitzt stumm auf einem Stängel und zupft an seinen Federn. Denn er mausert gerade, und das bereitet mir ziemlich Sorgen. Weil Vögel ja normalerweise Ende Frühling nach der Brut mausern und nicht jetzt, mitten im November. Ist mit dem Grünen etwas nicht in Ordnung? Hat er Probleme? Oder ist der Klimawandel schuld, weil der Sommer so heiss und der Herbst viel zu warm war?

Ich tippe auf Probleme. Beziehungsweise: Auf Problemstellung. Denn ein Vogel, der Nachrichten kommentieren kann, setzt sich gerne mit philosophischen Fragen auseinander. Und mir ist aufgefallen, dass er in letzter Zeit vermehrt an den Büchern von Immanuel Kant nagt, Sie wissen schon, das war dieser deutsche Denker mit dem kategorischen Imperativ. Herr Kant hat darüber nachgedacht, wie schwierig es ist, immer das Richtige zu tun.

Und ich denke, das ist genau dem Grünen sein Problem: Immer das Richtige tun. Aber das weiss ich nicht genau, weil der Grüne und ich ja zwei verschiedene Sprachen sprechen. Deshalb kann ich nur vermuten: Entweder er weiss tatsächlich nicht mehr, wann was das Richtige ist – ob jetzt wegen des Klimawandels oder wegen sonstwas. Oder er probiert aus, wie es ist, absichtlich das Falsche zu tun – manchmal muss man Dinge ja einfach mal ausprobieren.

Sie sehen: Ich weiss nicht, ob der Grüne weiss, ob er das Richtige tut. Ich weiss aber, dass das Falsche manchmal das Richtige ist. Halt je nachdem, wie die Dinge liegen.

Zu allem Unglück sind meine Sorgen noch viel grösser geworden, seit ich im Internet gegoogelt und rausgefunden habe, dass Wellensittiche gar keine festen Mauserzeiten haben. Das heisst also: Entweder wissen die Vögel überhaupt nicht mehr, was wann das Richtige ist. Oder sie haben die Richtig-Falsch-Problematik mit erhabenem Geist überwunden. Hach, ist das alles schampar kompliziert!

— **November 2015** —

Kommt erschwerend dazu, das oft die Falschen wissen,
was das Richtige ist – und umgekehrt.

Zur Lage
der Nationen

D as neue Jahr ist noch so jung, aber die Lage in der Welt ist schon so ernst, dass man gar nicht mehr weiss, wo und wie man anfangen soll, sich einen Überblick zu verschaffen. Die Anschläge in Paris/ Istanbul/Jakarta, die Eskalation in Köln, die zweite Gotthardröhre, der Siegeszug der Veganer, die galoppierende Empörungskultur der Selbstgerechten, die Durchsetzungsinitiative ... und zwischendurch immer wieder Youtube-Filmli von härzigen Büsi und lustigen Welpen.

Das Nachdenken über den Ernst der Lage ist noch viel komplizierter in Anbetracht der Tatsache, dass jedes Thema eng mit anderen Themen verzahnt ist. Geht es bei der Debatte über Köln um Flüchtlinge, um Muslime oder um Frauen? Was genau wollen uns die Täter von Paris/ Istanbul/Jakarta genau mitteilen und meinen sie damit auch mich persönlich – und was bedeutet das? Geht es bei der zweiten Gotthardröhre um unsere Natur, unsere Ferien oder unsere Wirtschaft? Sind Veganer edle Tierschützer, egomanische Selbst-Inszenierer oder bloss langweilige Trend-Hipster? Und überhaupt: Was zum Kuckuck soll eigentlich diese Flut von Büsibildern?

Unsere globale Welt ist so komplex geworden wie ein gigantisches Uhrwerk: Wenn man an einem Zahnrad rumschraubt, drehen sich sämtliche anderen Zahnräder mit. Im Unterschied zum Uhrwerk weiss man aber in der Welt nie genau, welche Zahnräder sich ebenfalls drehen, wenn man an einem einzelnen rumschraubt.

Es ist zum Verzweifeln kompliziert. Was also tun? Schwierige Frage. Das Einzige, was man mit Bestimmtheit sagen kann: Büsi-Bilder sind keine Lösung.

24

Aber ich meinti, es gibt durchaus einige Ansätze, die uns weiterhelfen. Mir persönlich ist es zum Beispiel unbegreiflich, warum sich dauernd irgendwer über irgendwas lauthals empört, statt zu einer sachlichen Diskussion beizutragen. Empörungskultur ist so unnütz wie schädlich. Viel hilfreicher wäre es doch, man würde mitdenken statt rumschreien.

Ich meinti überdies: Man kann nicht alles haben. Dieses ganze Multi-Options-Zeugs und diese Ich-Alles-Jetzt-Mentalität funktionieren nicht. Man kann zum Beispiel nicht in Deutschland einkaufen gehen, weil Geiz so schampar geil ist, und sich nachher darüber wundern, dass zu Hause Läden und Firmen untergehen. Wir kommen also nicht drum herum, Entscheide zu fällen. Das ist natürlich ungemütlich, weil jeder Beschluss für etwas eine andere Option ausschliesst. Und weil jeder Entscheid Konsequenzen nach sich zieht. Das Schöne daran ist aber: Entscheide fällen heisst, bewusst und selbstverantwortlich zu leben. In jeder Beziehung.

Eine grossartige Entscheidungshilfe ist zum Beispiel, sich zu informieren und dann abstimmen zu gehen. Die nächste Gelegenheit bietet sich ja schon Ende Februar. Mir ist es egal, wie Sie sich entscheiden, Hauptsache Sie tun es. Nur einen Wunsch habe ich: Bitte kleben Sie keine Büsibilder auf Ihre Entscheidungs-Zettel.

— Januar 2016 —

Es ging um die Volksabstimmungen «Für Ehe und Familie – gegen die Heiratsstrafe», «Zur Durchsetzung der Ausschaffung krimineller Ausländer (Durchsetzungsinitiative)» und «Keine Spekulation mit Nahrungsmitteln!» und die Änderung vom 26.09.2014 des Bundesgesetzes über den Strassentransitverkehr im Alpengebiet (STVG) (Sanierung Gotthard-Strassentunnel). Ergebnisse: 3 x Nein und Ja zum Gotthard.

Von Rumlärmern und Betroffenen

Seit in der «Arena» nicht mehr diskutiert wird, sondern alle nur noch stur mit Parolen um sich werfen, verzichte ich auf diese Fernsehsendung. Ich mags nicht, wenn man sich gegenseitig nicht zuhört. Ich schau dann lieber Filme wie «Stirb langsam 5», das ist so eine Vater-Sohn-Geschichte mit Bruce Willis, in der es zu einem Happy End kommt. Den hab ich mir vor zwei Wochen angeschaut. Nach dem Film bin ich dann allerdings beim Zappen in die «Arena» geraten, genau in dem Moment, als SVP-Präsident Toni Brunner sagte: «Die Durchsetzungsinitiative heisst eben deshalb so, weil die Ausschaffungsinitiative zu lasch umgesetzt wurde.» Und Bundesrätin Simonetta Sommaruga antwortete sinngemäss: «Das Volk spürt, dass die Durchsetzungsinitiative falsch ist.»

Ja hau mich doch der Lukas, dachte ich, als ich das hörte, was ist denn das für ein Geschwurbel aus dem Mund einer Bundesrätin? Frau Sommaruga hätte sagen müssen: «Aber he! Die Gesetzgebung zur Ausschaffungsinitiative ist noch gar nicht in Kraft! Die Durchsetzungsinitiative bezieht sich auf etwas, das noch gar nicht da ist. Die SVP übertölpelt somit nicht nur den Staat, sondern auch alle Staatsbürger.» Das hätte Frau Sommaruga antworten müssen. Und sie hätte sagen sollen: «Klar schieben wir kriminelle Ausländer ab. Aber wir stellen doch niemanden raus, nur weil er oder sie zwanzig Stundenkilometer zu schnell gefahren ist.» Doch Frau Sommaruga brachte nur ein Gschpürschmi-Köpfchenstreichler-Argument zustande, und Toni Brunner konnte süffisant lächeln. Er wusste: Dieser Punkt ging an ihn und seine SVP.

Und ich machte mir Sorgen: Sollte die Durchsetzungsinitiative tatsächlich angenommen werden, kann das auch daran liegen, dass die Gegner, also etwas allgemein formuliert die Linke, nicht argumentieren, sondern lamentieren. Denn sie sagen Sätze wie «Das kann man doch nicht machen!» Aber solche Sätze bringen rein gar nichts. Entsetzen alleine ist einfach nicht genug. Und Gschpürschmi-Zeugs reicht schon gar nicht. Weil man harten Argumenten mit ebenso harten Gegenargumenten begegnen muss. Weil «gut gemeint» nicht dasselbe ist wie «gut sein». «Gut sein» heisst, dass man sowohl gütig als auch hart sein kann und zwischen beidem genau zu unterscheiden weiss.

Ich wünsche mir deshalb, dass die Dauer-Entsetzten und Permanent-Betroffenen aufhören, immer nur entsetzt und betroffen zu sein. Und ich wünsche mir, dass die Rumlärmer und Übertölpler aufhören, immer nur rumzulärmen und zu übertölpeln. Kurz: Ich wünsche mir, dass beide Seiten wieder mehr argumentieren und sich gegenseitig zuhören.

Habe ich übrigens schon erwähnt, dass man noch bis übermorgen die Durchsetzungsinitiative ablehnen kann?

— **Februar 2016** —

Die Vorlage wurde dann mit 58,9 Prozent Nein-Stimmen-Anteil abgelehnt. Die «Arena» ist in Sachen Argumente statt Parolen nicht weitergekommen.

Vom Glück mit Musik und Menschen

L etzten Dienstagabend hatte ich einen dieser seltenen Glücksmomente, in denen man bis in die Fingerspitzen dieses explodie-
rende Gefühl hat, dass die Welt in Ordnung und schön und
wunderbar ist. Der war, als ich mit einem Teller indischer Crevetten
in den Händen das Esszelt der Stanser Musiktage betrat: Da sassen
Hunderte von zufriedenen Menschen an Tischen, sie assen und tranken
und plauderten, und dauernd begrüssten sich Leute mit Umarmungen,
und es lag hibbeliges Knistern in der Luft, weil sich alle so sehr freuten,
dass die Stanser Musiktage wieder im Dorf sind. Da erst wurde mir in der
ganzen Tragweite klar, wie sehr ich die Musiktage letztes Jahr vermisst
hatte, als das Festival Pause machte und niemand wusste, ob es sie in
Zukunft überhaupt noch geben würde. Aber am letzten Montagabend
war alles wieder in allerbester Ordnung.

Natürlich: Die indischen Crevetten schmeckten wie schon in den Jahren
zuvor überaus uninspiriert, und für mich als währschaften Esser war
die Portion viel zu klein. Wo immer ich nach dem Essen irgendwo in den
Konzertlokalen eine dieser Boxen mit Frey-Schöggeli rumstehen sah,
musste ich deshalb gleich ein paar von diesen Dingern zusammenhams-
tern, damit ich wohlgenährt über den langen Abend kam. Aber die Crevetten müssen sein, die gehören zu den Stanser Musiktagen einfach dazu.

Die Glücksmomente haben sich seither jeden Abend aneinandergereiht
wie Perlen an einer laaaangen Kette. Ich habe die Frau mit dem kantigsten
Gesicht gesehen (okay, das lag vielleicht auch am blauen Bühnenlicht),
ich habe «Stöpsel Nr. 3» und «Stöpsel Nr. 5» gehört, ich habe den «most
expensive drummer of Africa» erlebt, ich habe mich über schwere
Hip-Hop-Beats gewundert, ich habe meinen Freund Martin noch nie

so tänzelnd gehen gesehen (er war an einem Konzert mit Literatur), und natürlich traf ich auch wieder Beat, den Mann mit dem besten Musikgeschmack weit und breit.

Und das Beste ist: Es wird noch viele weitere Glücksmomente geben, denn die Stanser Musiktage sind heute und morgen noch in vollem Gang, und am Sonntag kann man das Abschlusskonzert in Niederrickenbach geniessen (und danach zu Anna-Barbara Kayser und Paul Buchmann ins Pilgerhaus essen gehen, dort schmecken die Crevetten sicher besser). Apropos Berge: Wer unbedingt schon vor der morgigen Saisoneröffnung der Stanserhornbahn aufs Horn will, kann schon heute Abend hoch auf den Berg und sich an einem Musiktage-Konzert über das tolle Panorama freuen.

Schön, gibt es die Stanser Musiktage. Sie machen mich glücklich. Und Tausende andere Besucher ebenfalls. Da kann ich nur empfehlen: Lassen auch Sie sich glücklich machen.

— April 2016 —

Beat, der Mann mit dem besten Musikgeschmack weit und breit, gestand dann später ein, dass ihm die meisten Bands, die er eben geschmackvoll findet, von seinem Sohn empfohlen werden. Immerhin: Der Mann bleibt dran.

Vom Leben im Schwarm und echten Freundschaften

Ich muss Ihnen etwas Trauriges mitteilen: Einer meiner beiden Wellensittiche ist gestorben, er hiess der Gelbe. Der andere Vogel, er heisst der Grüne, war erst völlig ausser sich und hat den ganzen Tag laut nach dem Gelben gerufen. Doch dann wurde er so traurig, dass er keinen Pfiff mehr von sich gab, keine Hirse mehr frass und auf keinen meiner Aufmunterungsversuche reagierte. Ich musste handeln. Und kaufte bei der Wellensittichzüchterin meines Vertrauens einen neuen Vogel, er ist schneeweiss, darum gab ich ihm den Namen der Weisse.

Problem gelöst, dachte ich, denn als verantwortungsvoller Vogelhalter weiss ich: Wellensittiche sind Schwarmtiere. Im Gegensatz zu uns Menschen denken sie in Wir-Form und sind deshalb bei der Auswahl ihrer Freunde nicht so gnadenlos anspruchsvoll wie wir, Hauptsache, es sind viele.

Doch dann passierte etwas Sonderbares. Es passierte nämlich nichts. Überhaupt nichts. Rein gar nichts. Die beiden Vögel ignorierten sich gegenseitig nach Kräften. Der Weisse und der Grüne sassen den ganzen lieben langen Tag mit den Rücken zueinander im Käfig und machten ihre Schnäbel nicht auf. Der Grüne zeigte nicht das geringste Anzeichen von Freude, und der Weisse tat, als wäre er der einzigste Wellensittich der Welt. Sie gingen nicht mal aus dem Käfig raus, obwohl die Käfigtürchen immer offenstehen.

Das brachte mich heftig ins Grübeln: Wellensittiche sind doch Schwarmvögel! Die müssen gesellig sein. Die müssen singen und zwitschern und gemeinsam fressen und alle miteinander gleichzeitig schlafen. Schlimmer noch: Der Grüne ist ein Männchen und der Weisse ein Weibchen. Da sollte ja auch … Sie wissen schon, wir haben schliesslich

Frühling. Aber beide widersetzten sich standhaft sowohl ihrem Schwarmwesen als auch eventuellen Frühlingsgefühlen. Und gefressen haben sie immer einzeln.

Was bedeutet dieses Verhalten für uns Menschen? Ist das hochgelobte Gruppengefühl in Wahrheit überbewertet? Ist das, was meine Vögel da tun beziehungsweise nicht tun, Individualismus? Und wenn ja: Warum ist das überhaupt nicht lustig? Und überhaupt: Kann man seine eigene Natur so einfach überwinden?

Ich wandte mich vertrauensvoll an die Züchterin, von der ich den Weissen gekauft habe. Sie sagte ganz ohne Aufregung: Das kanns geben. Manchmal mögen sich zwei Vögel einfach nicht. Sie schlug mir vor, den Weissen gegen einen anderen zu tauschen. Und so kam ich zu einem neuen Vogel, er ist grüngelb, aber ich gab ihm den Namen der Gelbe.

Und siehe da: Der Grüne und der neue Gelbe wurden innert zehn Minuten die dicksten Freunde. Den ganzen Tag trällern sie gemeinsam, am Abend schmusen sie ein bisschen, und sie teilen sich jede Hirsestange. Also alles wieder paletti? Ich bin mir nicht sicher. Die heile Wellensittichwelt ist zwar wiederhergestellt und mit ihr meine Ansicht über Schwarmtiere und Einzelgänger. Aber der Grüne und der Gelbe sind beides Männchen. Will uns das etwas sagen?

— **Mai 2016** —

Im Schwarm fällt es nicht auf, wenn sich zwei Vögel aus dem Weg gehen. Das ist ein interessanter Gedanke: Man kann sich auch nicht mögen und trotzdem kein Gschiis daraus machen.

Über politisch korrektes Einkaufen

Letztens war ich wieder mal im Länderpark. Dieses Shopping-Center ist eine ganz nützliche Einrichtung: Sorgfältig planende Eltern können dort einen Vierwochen-Nahrungsvorrat aus Fertigprodukt-Sonderangeboten einkaufen und im Vorbeigehen grad noch den Garten mit Pflanzen, die Apotheke mit Medizin und sämtliche Kinder mit Kleidern ausrüsten. Teenager vertrödeln hier ihre freien Nachmittage, indem sie in Handys starren, und im Parkhaus läuft permanent klasse Unterhaltungsmusik.

Und weil die Migros immer noch die allerbeste Schoggi herstellt, ging ich letztens also in den Länderpark, tänzelte frohgemut die Treppe in die mittlere Verkaufsebene hoch und ergriff beim Eingang zur Migros einen der orangen Einkaufskörbe.

Ich blickte auf dieses Informationsschild in A4-Grösse, das dort seit Jahren an der Wand klebt, das ich aber noch nie wirklich gelesen habe. Genau das tat ich nun. Und mein erwartungsfrohes Schoggi-Lächeln erstarrte schlagartig. Denn dort steht geschrieben, ich zitiere wörtlich: «Wer in diesem Laden Ware nicht bezahlt, ist verpflichtet, für unsere Umtriebe Fr. 150.– zu entrichten. Ausserdem muss er mit einer Strafanzeige rechnen.»

Dass eine Busse kriegt, wer klaut, ist ja recht. Aber dass «er» ausserdem mit einer Strafanzeige zu rechnen hat, ist alles andere als korrekt. Weil das ja bedeutet, dass entweder nur männliche Vertreter der Spezies Mensch klauen oder nur Männer und Buben verzeigt werden. Und das wiederum lässt schlussfolgern, dass Frauen und Mädchen nicht stehlen und deshalb auch nicht verzeigt werden.

32

Also ich bin ja auch für die Gleichberechtigung. Gleiche Arbeit – gleicher Lohn! Gleiche Anstellungsbedingungen bei gleicher Ausbildung! Und nach Möglichkeit berücksichtigen wir in unserer Sprache immer beide Geschlechter, damit sich keiner und keine beleidigt fühlt. Politische Korrektheit nennt man das. Aber in Sachen Diebstahl im Länderpark-Migros bin ich als Mann der Ne… uups, Entschuldigung, der einzigste Verdächtigte.

Das hat mir natürlich die gute Laune verdorben. Und mein Selbstwertgefühl pulverisiert. Bis zur Schoggi-Abteilung schlich ich möglichst unauffällig den Regalen entlang, um ja keinen Verdacht zu erregen, legte für alle gut sichtbar sechs Tafeln Schoggi in den orangen Einkaufskorb, bezahlte demonstrativ an der bedienten Kasse und war heilfroh, als ich wieder die klasse Unterhaltungsmusik im Parkhaus hörte.

Zu Hause angekommen, musste ich erst mal eine halbe Tafel Choc'o'Farm und ein Reiheli von der weissen Tourist futtern, um wieder stark genug zu sein, mich anderen Dingen zu widmen. Zum Beispiel der Lektüre der Zeitung. Da stand eine Meldung von einem Unfall mit Fahrerflucht. Die Polizei war auf der Suche nach «dem Fahrer». Darauf ein Täfeli von der Les Adorables Truffes Noir!

— Juni 2016 —

Die Verpackung der Choc'o'Farm wurde kurz darauf neu designt und die Schoggi umbenannt. Hat Monate gedauert, bis ich das gerafft habe. Dafür hängt das Diebstahl-Schild immer noch dort.

Über unsere
fliegenden Freunde

E s ist vielleicht nur ein ganz kleines Problem, man könnte sogar
sagen: ein Fliegenschiss. Aber je länger ich darüber nachdenke,
umso mehr irritiert mich das Ganze. Angefangen hat diese
Geschichte vor ein paar Wochen, es war ein schöner Sommertag, deshalb
gönnte ich mir einen hausgemachten Eistee in einem Restaurant mit
Aussicht auf den Dorfplatz. Es war herrlich, die Passanten waren entspannt und die Gäste in bester Plapperlaune. Bis sich ein Herr neben mich
setzte, er war schon in einem weisen Alter, und ein Kafi Träsch bestellte.
So weit, so gut.

Weil so schönes Ausflugswetter war, wagten sich auch die Stubenfliegen
ins Freie, und natürlich schwirrten einige von ihnen um meinen Eistee und um das Kafi des Herrn neben mir – Zucker ist schliesslich auch für
Fliegen ergiebige Nahrung. Doch dann fing der Herr neben mir an, sich
der Fliegen zu erwehren. Erst wedelte er mit seinem Käppi herum, dann
schlug er damit nach ihnen, und schliesslich erschlug er sie mit blosser
Hand – sofern er schneller war als die flinken Fliegen.

Die Hektik, die der Herr mit seinem ausdauernden Gewedel und Ge-
klatsche verbreitete, ruinierte die ausgelassene Stimmung in der Garten-
beiz. Was mich aber noch viel mehr beschäftigte als die Unrast, war
die Frage: Warum tut der das? Dachte dieser Herr vielleicht, dass sich alle
anderen Fliegen abschrecken lassen, wenn er ein paar von denen tot-
schlägt? So nach dem Motto «Hey, der ist nicht nett zu uns, lasst uns wo-
anders hingehen»?

Ein paar Tage später, es war immer noch schön und heiss, unternahm
ich eine kleine Wanderung am Berg und kehrte in einem hübschen
Alpbeizli ein. Rundherum grasten Kühe, und Sie können sich denken,

34

dass es da förmlich von Fliegen wimmelte. Wie es halt so ist, wenn die Wiesen voller Kuhfladen sind. Was aber ein Familienvater zwei Tische vor mir offenbar nicht hinzunehmen gewillt war. Denn während seine Kinder artig ihre Pommes mampften, schlug der Vater unablässig mit einer Fliegenklatsche auf alles ein, was da um und auf seinem Tisch kreuchte und fleuchte. Auf einer Alp, umgeben von Kuhfladen, zuckrigen Getränken und dem Ketchup auf den Tellern seiner Kinder! Ich habe selten etwas Sinnloseres beobachtet als das.

Den Vogel beziehungsweise die Fliege abgeschossen hat dann ein Kollege, der mir zwei Tage später bei einem Kaffeeklatsch von den Freuden seiner neu entdeckten Spiritualität erzählte. Er sei jetzt Buddhist, erklärte er enthusiastisch, weil Buddhisten seien so nette Menschen, und Achtsamkeit sei ja so unglaublich wichtig im Leben. Dummerweise schlug er alleine während seines begeisterten Monologs vier Fliegen tot, die es wagten, sich auf seinen Arm oder unseren Tisch zu setzen. Als ich meinen lieben Kollegen darauf aufmerksam machte, dass Buddhisten eigentlich jede Form von Leben achten und deshalb keine Tiere töten, also auch keine Fliegen, knallte er seine Pranken auf meine Schulter und sagte: «Ach, das ist doch bloss Fliegenschiss.»

— **August 2016** —

Vielleicht hilft ein einfacher Gedanke: Alles, was sich da bewegt und wächst, macht das Gleiche wie wir: Es lebt. Mehr noch: Es will leben.

Arbeit macht Spass

Wie jedes Jahr um diese Zeit steckt das Redaktionsteam des Nidwaldner Kalenders wieder mitten in der Abschlussphase. Das ist jeweils recht hektisch, weil jeder im letzten Moment noch dies will oder das muss oder jenes nicht kann und man dieses noch sollte… Sie kennen das sicher von Ihrer eigenen Arbeit. Und weil ich die grosse Freude habe, dieses Team zu leiten, bin in seit einigen Tagen nur noch «am Seckle», wie man so schön sagt. Wenn es dann draussen längst dunkel ist und ich Feierabend mache, schätze ich zum Runterfahren die heitere Berieselung der leichten TV-Unterhaltung. Ein Liebesfilm mit Jack Nicholson zum Beispiel oder ein schöner Tierfilm.

Anfang dieser Woche habe ich in «10vor10» reingezappt, das ist diese Nachrichtensendung, die in letzter Zeit leider viel zu oft unter ihr eigenes Niveau geht. Zum Beispiel mit genau der Meldung, die der Sprecher grad verkündete: «50 Prozent aller Arbeitnehmer haben Stress am Arbeitsplatz.»

Aha. Leider wurde dann im folgenden Beitrag nicht gesagt, woher diese Information stammt, und schlimmer noch: Niemand erklärte, was denn mit «Stress am Arbeitsplatz» genau gemeint ist. Mir zum Beispiel geht es tierisch auf die Nerven, wenn mein Computer nicht genau das macht, was ich von ihm wünsche. Dann schimpfe ich und drücke fast meine Nase auf den Bildschirm und fuchtle mit den Armen, und irgendwann tut mir dann der Nacken weh, weil ich dabei die unmöglichsten Verrenkungen mache.

Also wenn der «10vor10»-Sprecher das gemeint hat mit «Stress am Arbeitsplatz», dann war das ja wohl eher eine doofe Meldung. Meine Aufregung mache ich mir ja selber, weil ich den Computer nicht richtig bedienen kann, das hat mit der Arbeit gar nichts zu tun. Das Arbeiten selber ist hingegen im Grunde ein einfacher Deal: Leistung gegen Lohn. Was umgekehrt bedeutet: Lohn gibts nicht fürs Rumsitzen, auch wenn man ergonomisch sinnvoll sitzt. Und das Erbringen von Leistung ist eben immer mit dem verbunden, was man Leistungsdruck nennt.

Aber ob man dem schon Stress sagen kann? Ich persönlich finde: nein. Doch das ist eben schwer zu beurteilen, wenn der «10vor10»-Sprecher ziemlich wischiwaschi von «Stress» spricht und darüber hinaus von «50 Prozent aller Arbeitnehmer». Da kann sich jeder nach Belieben zur einen oder zur anderen Hälfte zählen, je nachdem, wer was wie definiert.

Ich für meinen Teil freue mich jedenfalls riesig auf den Moment, wenn der Nidwaldner Kalender noch nach Druckerschwärze duftend aus der Druckerei geliefert wird. Dann weiss ich, dass sich mein Aufwand gelohnt hat. Der Kalender erscheint übrigens am 11. November, am Martinstag.

— **September 2016** —

Leider hat das Niveau von «10vor10» und der «Tagesschau» seither weiter nachgelassen. Vergleichen Sie zum Beispiel mit den Tagesthemen auf ZDF.

Über neugierige Blicke

Ich weiss, man sollte nicht essen und gleichzeitig Zeitung lesen, das ist sehr unbuddhistisch. Aber oft geht halt beides grad so praktisch in einem. Vor ein paar Tagen zum Beispiel, da war ich im Coop-Restaurant zum Zmittag, genoss ein knackiges Gemüsepfännchen und las den «Blick». Nach ein paarmal Umblättern kam eine Seite mit dem Titel «Wählen Sie heute Ihren Star des Jahres». Da ist offensichtlich ein ganzes Jahr lang ein Wettbewerb gelaufen, wer der Star des Monats wurde, und nun durfte ich aus allen Monatsgewinnerinnen den Star des Jahres küren. Seltsamerweise fehlte der Star des Monats August.

Da waren also elf Frauen, und die habe ich mir als eben ernanntes Jurymitglied natürlich aufmerksam angeschaut. Allesamt drückten sie mir mit einem fröhlichen Lächeln oder einem lasziven Blick ihre kaum verhüllten Oberweiten förmlich ins Gesicht, beim Star des Monats November war die rechte Brust gar ganz nackig offenbart. Also ich habe mich für den Star des Monats März entschieden, weil ... Aber da wurde mir schlagartig bewusst, dass ich mitten im Coop-Restaurant sass und mit weit ausgebreiteter Zeitung halbnackige Frauen ankuckte. Herrjemine! Am Tisch links von mir sass eine junge Mutter mit zwei unschuldigen Kindern, die reckten schon ihre Hälse! Und am Tisch auf der anderen Seite säbelte eine ältere Dame peinlich berührt an ihrem Schnitzel.

Ich Unhold! Wie konnte ich nur! In Amerika empfiehlt man den Männern ja schon längst, nicht alleine mit einer Frau den Lift zu betreten, damit ja kein Verdacht auf sexuelle Belästigung aufkommt. An den dortigen Unis dürfen die Männer das Wort Brust nicht mal mehr öffentlich aussprechen. Wegen sexueller Belästigung. Und ich glotze auf 22 Brüste!

Im Coop-Restaurant!! Natürlich blätterte ich sofort und für alle gut sichtbar weiter, die Wahl zum Star des Jahres musste ohne mich stattfinden.

Was mich dann aber ein bisschen ins Grübeln brachte. Das waren ja allesamt Frauen, die schon den harten Kampf um den Star des Monats auf sich genommen hatten, um sich mir nun als Star des Jahres anzupreisen, halbnackig und selbstbewusst. Wieso muss ich mich als Mann dann schuldig fühlen, wenn die das ganz öffentlich im «Blick» tun? Und warum war unter den Kandidatinnen eigentlich kein Mann? Wollen Männer keine Stars werden?

Was mich dann zu einem neuen Problem führte, das mich noch weit über das Dessert hinaus (ein Vermicelles mit einer halben roten Kirsche auf dem Rahm) beschäftigte: Da konnte man also den Star des Jahres küren, aber den Star von was? Es ist ja schon schlimm genug, dass man heute in einer Castingshow nur nett singen oder in einer Talentshow lustig zappeln muss, um berühmt zu werden. Aber unser «Blick»-Star des Jahres ist nun einfach nur ein Star. Für die am schönsten zur Schau gestellten Brüste?

Wahrscheinlich stimmt die Regel eben doch: Man sollte nicht essen und gleichzeitig Zeitung lesen.

— **Oktober 2016** —

Ab 2020 werden die Redaktionen der «Urner Zeitung», der «Obwaldner Zeitung» und der «Nidwaldner Zeitung» zusammengelegt. Ist das die gute Nachricht?

Über das Informations-Elend

L etzte Woche war ich wieder mal im Länderpark. Sie wissen schon, das ist dieser Einkaufsklotz am Rand von Stans, wo man alles kriegt, was man zum Leben braucht. Ich ging schnurstracks zum Kiosk und sagte: «Ich hätte gerne die deutsche Ausgabe von ‹Charlie Hebdo›.» Das französische Satiremagazin hatte nämlich eben die erste Version in Deutsch veröffentlicht, und das nahm mich natürlich wunder. Die Kioskfrau starrte mich an, als würde ich jeden Moment eine Kalaschnikow zücken und Allahu akbar schreien. Dann sagte sie: «Scharli was?»

Sie hatte das Heft nicht im Sortiment. Ich fragte: «Haben Sie die neue Ausgabe von ‹Mare›?» Die Titelgeschichte handelte nämlich vom Tee, und das wollte ich natürlich wissen. Die Kioskfrau glotzte. «Ist das auch so eine Zeitung?», fragte sie.

Nein, ist es nicht. Ich wagte noch einen Versuch: «Haben Sie das neue ‹Beef›?» Das ist das Magazin, in dem es nur ums Fleischessen geht, übrigens mehrfach mit Preisen ausgezeichnet. Aber die Kioskfrau sagte bloss: «Bif?»

Als die gute Dame auch keine Ahnung hatte, was ich mit «Terra Mater» und «Visions» meinte, gab ich auf. Und war am Boden zerstört. Da stand ich also im grössten Kiosk von Unterwalden, und keines von den Heftli, die ich suchte, war im Angebot. Wo doch der Kiosk der Fachhandel für Magazine ist. Aber von Fachhandel kann da keine Rede sein, wenn das Sortiment lausig ist und überdies die Verkäuferinnen und Verkäufer keine Ahnung haben, was sie da verkaufen. Das darf ich sagen, weil ich meine Heftli auch in anderen Kiosken nicht mehr finde.

Ich fragte deshalb meine Lieblings-Kioskverkäuferin Renate, warum das so ist. Sie erklärte den Missstand so: Hin und wieder kommt jemand von der Zentrale, stellt ein paar Heftli ins Regal, und was sich zweimal nicht verkauft, wird fortan einfach nicht mehr geliefert. Angeboten wird also nur, was sich super verkauft. Schlimmer noch: Die Verkäuferinnen und Verkäufer betreuen das Sortiment nicht mehr selber. Sie müssen also keine Ahnung haben, welche Heftli sie verkaufen. Adieu, Fachhandel…

Was mich an dieser Geschichte aber am meisten betrübt: Unterwalden ist zum Heftli-Brachland geworden. Wo man doch längst weiss, dass gute Magazine einem die Welt erklären. Und dass das Leben sehr viel besser und einfacher ist, wenn man eine Ahnung hat, wie die Welt funktioniert. Vor allem heutzutage, wo im Internet so viele Falschmeldungen und massenhaft Halbwissen kursieren.

Ich hab dann im Länderpark-Kiosk noch ein bisschen gestöbert – und fand das Magazin «Dynamite!», ein Musikheft über die Rock'-n'-Roll-Szene. Es steht seit Monaten im Regal. Die Redaktion hat vor über einem Jahr dichtgemacht. Aber das hat hier noch niemand bemerkt.

— **Dezember 2016** —

Meine Lieblings-Kioskverkäuferin Renate hat mir daraufhin einen langen Brief geschrieben. Wir sind dann aber schnell wieder Freunde geworden. Ihr Heft-Angebot bleibt trotzdem beschränkt.

Von Memmen
im Falsett

Natürlich können Sie jetzt sagen: Dann schalt doch einfach ab. Aber es ist eben so: Wenn meine Liebste morgens aufsteht, ihren ersten Kaffee trinkt und ihre erste Zigarette raucht, dann will sie dazu SRF3 hören. Und als moderner Lebensabschnittspartner habe ich natürlich gelernt, damit zu leben, ohne gleich ein Theater zu veranstalten. Aber das wird immer schwieriger. Ist Ihnen schon mal aufgefallen, wie unglaublich viele Songs im Radio laufen, in denen Männer im Falsett singen? Also falls Sie das jetzt nicht wissen: Falsett ist, wenn man die Singstimme um eine Oktave höher von der Brust in den Kehlkopf verlegt. Landläufig auch Fistelstimme genannt.

Falsett an sich ist nichts Schlimmes. Ich meine mich zu erinnern, dass sogar der Superrocker Lemmy von der Superrockband Motörhead in einer Ballade in Kopfstimme gesungen hat, wenn auch nur ganz ganz kurz.

Das Beunruhigende am Falsett ist die Häufigkeit, mit der es in allen Mainstream-Radiostationen zu hören ist. In geschätzt über 50 Prozent aller Songs von Männern singen dieselben mindestens ein paar Zeilen im Falsett. Was uns zur beklemmenden Frage führt: Was will uns das bedeuten?

Wenn es stimmt (und das ist ja allgemeine Lehrmeinung), dass Popmusik und Popkultur den Zeitgeist widerspiegeln, dann bedeutet das viele Fisteln, dass den Männern die Männlichkeit abhanden gekommen ist. Weil maskuline Männer nun mal nicht fisteln. Maskuline Männer singen im Brustton. Oder können Sie sich den Countryhelden Johnny Cash mit Fistelstimme vorstellen? Eben.

Und genau das ist das Problem: Der Pop hat das Maskuline verloren. Zumal alle diese Falsettsänger nicht nur fisteln, sondern darüber hinaus auch noch jammern. Das heisst: Entweder sie jammern oder sie fliehen. Entweder finden sie das Leben so unglaublich schampar schwierig und überhaupt schrecklich kompliziert. Oder sie machen fistelnd im Club den Bling-Bling-Pfau. Beides ist in keiner Weise maskulin.

Derweil die Mädels erfreulicherweise selbstbewusst den Ton angeben: Sie singen davon, dass sie es sind, die bestimmen, wo es langgeht. «Ain't your Mama», bringt es die Pop-Übermutter Jennifer Lopez auf den Punkt. Die Männer hingegen irrlichtern ziel- und kopflos durch den musikalischen Äther.

Nun werde ich Ihnen nicht die Freude bereiten, das absehbare Hohelied auf die echten Kerle der Heavy-Metal-Branche zu singen. Das wäre zu einfach. Wünschenswerter ist: Wenn männliche Popmusiker wieder zu ihrer Männlichkeit finden würden. Und nicht so viel jammern. Dann hätte ich wieder das beruhigende Gefühl, dass singende Popmänner mitsamt ihren Zuhörern maskulin sind. Und mir würde das Aufstehen mit SRF3 leichter fallen.

— **Januar 2017** —

Letzthin in einem Restaurant. Auf der Toilette lief irgend so ein Lokalradio, der Moderator sagte: «Vorem Lopper muesch drissg Minute schtaue.» Ich stand aber vor dem Pissoir. Und überhaupt: Warum duzte der mich?

Von echten Vogel-Freunden

Heute muss ich Ihnen von einem Post-Ferien-Trauma erzählen. Es handelt davon, wie es ist, wenn man von den Ferien nach Hause kommt und man von den eigenen Wellensittichen ignoriert wird.

Wellensittiche? Ja, genau! Wie Sie wahrscheinlich wissen, trällern in unserem Wohnzimmer zwei Wellensittiche, der eine heisst der Grüne und ist ein ziemlich schlauer Vogel, der andere heisst der Gelbe und ist ein ziemlich guter Lehrling beim Grünen. Beide zusammen stehen auf Filme von Arnold Schwarzenegger und mögen alten Jazz. Und sie kommentieren gerne die Nachrichten. Solche Vögel brauchen dringend Unterhaltung, auch dann, wenn meine Liebste und ich in den Ferien weilen.

Die ist natürlich organisiert: Letzthin sind wir nach Costa Rica geflogen, und die Nachbarn in unserem Haus haben nebst der Fütterung auch das Entertainment der Vögel übernommen. Die Nachbarin oben zum Beispiel ist jeden zweiten Tag in unsere Wohnung runtergekommen, um die «Tagesschau» zu schauen und ein bisschen durchs TV-Programm zu zappen. Jeden anderen zweiten Tag hat sie den Vögeln auf ihrem Handörgeli lustige traditionelle Volksweisen vorgespielt. Die Nachbarin von unten kam zwischendurch in unser Wohnzimmer, um dem Grünen und dem Gelben ordentlich was vorzujodeln. Dazu gabs dann auch neue Hirse und frischen Salat. Wie unsere Nachbarinnen rapportierten, haben die Vögel die Unterhaltung sehr genossen.

So weit so gut. Mein Problem fing in dem Moment an, als wir von Costa Rica nach Hause kamen. Freudig begrüssten meine Liebste und ich die Wellensittiche, «hallo Grüner», «sali Gelber», «lange nicht mehr gesehen» und so, Sie kennen das sicher von Ihrem Haustier. Aber die Vögel reagierten – üüüberhaupt nicht. Kein bisschen. Nicht einen Pieps haben die gemacht. So als wären wir gar nicht da. Aber als die Nachbarin von oben, die mit dem Handörgeli, bei uns klingelte und uns willkommen hiess, zwitscherten die beiden Vögel los, als wäre ihnen grad der grosse Vogelmanitu erschienen.

Das verwirrte mich natürlich: Haben die Vögel meine Liebste und mich aus ihrem Schwarm ausgestossen? Sind unsere Nachbarinnen die besseren Vogelversteher? Oder sind Wellensittiche am Ende einfach nur furchtbar vergesslich? Strafen sie uns mit Schweigen, weil wir ohne ihre Erlaubnis in den Ferien waren?

Ehrlich gesagt: Ich habe nicht den blassesten Schimmer. Immerhin pfeifen und trällern die Vögel inzwischen wieder in unserer Anwesenheit. Aber ich weiss echt nicht, ob sie das tun, weil wir wieder da sind oder obwohl wir wieder da sind. Wir werden es wohl nie erfahren. Aber eines weiss ich mit Bestimmtheit: So schlaue Vögel wie unsere Wellensittiche tun nichts im Leben grundlos.

— **März 2017** —

Bei den Menschen bin ich mir allerdings nicht immer sicher, ob die wissen, warum sie etwas tun.

Eine Alternative
zur Alternative

Es gibt eine goldene Regel für Autoren von Kolumnen wie dieser: Wenn du Ärger vermeiden willst, dann schreibe niemals über Hunde, Geld oder Gott. Nun ja. Einen Hund habe ich nicht und Geld auch keines, da kann ich nichts dazu sagen und mir also gar keinen Ärger einhandeln. Aber ich denke hin und wieder über Gott nach. Und weil wir jetzt Ostern haben und dieses Ereignis immerhin das allerhöchste Highlight der Christenheit ist, riskiere ich heute ein bisschen Ärger und denke laut über Gott nach.

Beziehungsweise über seine Anhänger oder seine Gemeinschaft oder seine Schäfchen oder wie man den Teilnehmerinnen des christlichen Kulturkreises sagt. Weil die ja in Massen der Kirche abschwören und ihre Mitgliedschaft aufkünden, weil sie immer und überall Indoktrination und, ganz schlimm, das Verkünden einer christlichen Kultur befürchten. Das kann man ja tun oder lassen, das steht jeder und jedem frei.

Was ich dann aber bedenklich finde, ist, was die Ex-Mitglieder tun, wenn sie Ex-Mitglieder sind. Manche suchen sich einen Yoga-Yogi und konzentrieren sich fortan vor allem auf ihre eingerosteten Gelenke. Andere werden sogar gluten- und allergenfreie Veganer und reden über nichts anderes als sich selbst, ihre Ernährung und die Wunderkraft der Goji-Beere. Wieder andere malen Mandalas in Kindermalbüchern. Und am Ende werden dann alle irgendwie esoterisch mit Klangschalen und Feng Shui und Reinkarnationstherapie und so.

Aber mittlerweile ist sogar die Esoterik verpönt: Weil wir das Glück immer und sofort wollen, gibts nach der 5-Minuten-Schönheitscreme und der Schmerzfrei-in-5-Minuten-Pille neuerdings auch die 5-Minuten-Powermeditation. Also 5 Minuten bequem aufs Sofa sitzen, tief durch-

46

atmen, an nichts denken und zack – schon hat man sein wahres Ich gefunden. Neulich hab ich das in einem Heft gelesen. Da hat dann die Chefredaktorin höchstpersönlich geschrieben: «Diese Meditation funktioniert ganz ohne Esoterik.»

Damit hat sie natürlich den Vogel abgeschossen. Weil das Wort «Esoterik» kommt aus dem Griechischen und heisst soviel wie «den Blick nach innen richten». Meditation ist also die vollendete Esoterik. Und überhaupt: Gläubige in anderen Kulturkreisen üben sich ihr Leben lang in Meditation – und wir Ungläubigen sollen das in 5 Minuten hinkriegen? Das ist lächerlich.

Aber man soll nicht lamentieren, wenn man nicht schon eine Lösung parat hat. Ich hab da tatsächlich einen Vorschlag: Neulich hat mir ein Kollege erzählt, dass er sonntags und auch sonst mal unter der Woche gerne zu einem Helgenstöckli spaziert, dort stehen bleibt und ein Zwiegespräch mit Gott hält. Also er hat nicht direkt «Gott» gesagt, sondern «eine höhere Macht», aber das ist ja am Ende dasselbe. Und falls Sie das nicht wissen: Helgenstöckli sind kleine religiöse Denkmäler, die bei uns überall an Wegen und in Wiesen rumstehen. Bei einem Helgenstöckli sind Sie frei von kirchlichem Pomp und päpstlichen Doktrinen.

Mein Kollege geht also zu einem Helgenstöckli, hält ganz ohne Zeitdruck inne, führt Zwiegespräch mit einer höheren Macht, wird beschaulich, man könnte sagen: meditativ, und wenn er sich ausdiskutiert und ausgewogen fühlt, spaziert er wieder heim. Mir gefällt das. Sehr sogar. Es ist die bessere Alternative als Veganismus und 5-Minuten-Powermeditation. Und es bringt uns wieder näher an das, was Religiosität seit Zehntausenden von Jahren ist: Ein Zwiegespräch mit etwas, das grösser ist als wir. Und das irgendwie hilft. Ich wünsche Ihnen frohe Ostern.

— April 2017 —

Es ist tatsächlich so: Kolumnen, die von Religion handeln, bleiben immer ohne Reaktionen. Auf diese Kolumne erhielt ich jedoch aussergewöhnlich viele begeisterte Feedbacks.

Spieglein,
Spieglein ...

Neuste News aus der Wissenschaft! Wer sich Botox ins Gesicht spritzen oder sonstwie schönheitschirurgisch an sich rumschnippseln lässt, ist fortan in seiner Kommunikation eingeschränkt. Und damit meinen die Wissenschaftler nicht nur, dass man mit aufgespritzten Entenschnabellippen auch spricht wie eine Löffelente und dass man mit aufgepolsterten Backen aussieht, als würde man grad einen Tennisball zerkauen. Nein, das Problem geht noch viel weiter.

Und das geht so: Wenn zum Beispiel Sie mit mir sprechen, dann mache ich beim Zuhören ganz automatisch und unbewusst die klitzekleinsten Züge Ihrer Mimik nach. Alle meine Gesichtsmuskeln melden dann an mein Gehirn: Der Venter frontalis ist leicht angespannt, der Musculus procerus flattert ein bisschen und so weiter. Aus allen diesen Meldungen zieht mein Hirn die Schlussfolgerung: Hoppla, mein Gegenüber hat heute nicht sonderlich gute Laune – jetzt bloss keine dummen Witze reissen.

Die Wissenschaftler sagen dem: Spiegelung. Die Krux mit dem Gebotoxe und dem Geschnippsel ist nun die: Weil die aufgespritzten und abgeschmirgelten Kunden der sogenannten Schönheitsindustrie nicht mehr in der Lage sind, genau diese klitzekleinsten Gesichtszüge ihres Gegenübers nachzuahmen, wird nichts Brauchbares ans Hirn gemeldet, und deshalb haben sie beträchtliche Mühe, ihr Gegenüber richtig einzuschätzen. Schön blöd. Die Bezeichnung Botox-Opfer bekommt durch diese Erkenntnis plötzlich eine ganz neue Dimension.

Sie eröffnet uns aber auch ganz neue Möglichkeiten im Umgang miteinander. Wenn Sie sich zum Beispiel jemandem anvertrauen und sagen: «Heute ist echt nicht mein Tag, meine Frau hat mir zum Frühstück die Liebe gekündigt, mein Chef hat mich zusammengestaucht, und in

meinem Elend hab ich soeben einen Velofahrer über den Haufen gekarrt»,
und Ihr Gegenüber lacht dann herzhaft – dann ist Ihr Gegenüber ziemlich
sicher gebotoxt. Und Sie wissen, dass Sie sich für ernsthafte Gespräche in
Zukunft an jemand anderen wenden müssen.

Handkehrum kann man Botox jetzt auch zum Selbstschutz anwenden. 49
Wenn Ihnen zum Beispiel Ihre quengelnden Kinder permanent auf den
Wecker gehen: Botox ins Gesicht, und schon hat das Gmöögg ein Ende –
Sie sehen jetzt in Ihren Kindern die reinsten Engel. Das gilt dann auch für
den strengen Chef, die doofen Nachbarn und überhaupt für alle. Seien
Sie hier allerdings gewarnt: Ob Sie dann bei Ihrem Hund noch erkennen,
dass der dringendst Gassi gehen sollte, hat die Wissenschaft noch nicht
geklärt.

Für Menschen, die gerne korrekt kommunizieren, ist das alles aber eher
besorgniserregend. Angesichts des Botox- und Schnippsel-Booms schauen
wir da einer trüben Zukunft entgegen. Allerdings: Da inzwischen viel
zu viele Menschen sowieso den ganzen Tag nur von sich selber erzählen,
fallen die Botox-Opfer gar nicht mehr wirklich auf.

— Mai 2017 —
Botox-Erkennungs-Training:
In Heftli einfach das Heft auf den Kopf stellen und das Gesicht betrachten.
Live auf die Stirn achten, weil sich da so gut wie nichts mehr bewegt.

Freiräume
für Männer

Mein Freund Walter hat ein Zimmer nur für sich alleine eingerichtet. Dort stehen exquisite ausgestopfte Tiere rum, antike See-
stücke, seine Heavy-Metal-CDs und natürlich sein Computer.
Walter sagt dem «Herrenzimmer». Und weil er so oft davon erzählt,
nehme ich an, dass ihm dieser Raum ziemlich wichtig ist. Man könnte
von einem regelrechten Bedürfnis sprechen. Sonderbarerweise ist
das Thema Herrenzimmer bei allen meinen Freunden sehr beliebt, denn
immer wieder höre ich sie von einem Raum schwärmen, der nur ihnen
ganz alleine gehören würde. Keine Kinder, keine Frau, nur sie.

Mir ist dieses Bedürfnis fremd. Das hat aber vielleicht damit zu tun,
dass ich längst ein eigenes Zimmer habe. Denn in meinem kleinen Büro
kann ich den ganzen Tag lang rumwursteln, wie es mir beliebt, und
niemand reklamiert, wenn ich in voller Lautstärke meine Lieblingsmusik
höre. Nicht mal meine Nachbarn, denn die sind alle nett zu mir, auch
wenn sie meine Musik grässlich finden.

Aber das ist eine andere Geschichte. Jedenfalls beschloss ich, dem
Bedürfnis des Mannes nach einem Herrenzimmer nachzugehen, und
so warf ich das Thema letzthin in eine Tischrunde: Brauchen Männer
ihr eigenes kleines Reich?

Die Männer nickten erstmal zustimmend, in ihren Augen leuchtete
ein seliges Glitzern auf. Sie verstanden meine Frage sofort. Die Frauen
hingegen schauten mich irritiert und ratlos an: Was hat er denn schon
wieder?

Mein Tischnachbar, der Florian, setzte als Erster zu einer Antwort an. Er erzählte von unerschrockenen Männern, die jeden Tag draussen in der Wildnis rumwetzen und Dinosaurier erschlagen, damit das Weib und der Nachwuchs in der Höhle etwas zu essen haben. Dass die wilden Keulenschwinger im Kampf gegen grosse Säbelzahntiger und noch grössere Mammuts jeden Tag ihr Leben riskieren. Und dass sie deshalb gerne mal in die hinterste Ecke ihrer Höhle kriechen, wo man vor todgefährlichen Tieren und ewighungrigen Kindern in Sicherheit ist und einfach mal für einen kurzen, erholsamen Moment seine Ruhe hat.

Dazu muss man wissen: Abgesehen von seiner wuchtigen Hornbrille mit Flaschenbodengläsern sieht der Florian tatsächlich aus wie ein Urmensch. Riesiger Bart, unkontrolliert wucherndes Kopfhaar, dichtes Brusthaar quillt aus dem sauber geglätteten Hemd heraus. Wenn er von Dinosauriern spricht, klingt das glaubwürdig. Er hat übrigens drei Kinder und arbeitet in leitender Funktion in einer Grossbank.

Die Dinosaurier also. Und die Säbelzahntiger. Und die hungrigen Mäuler der Höhlenfamilie. Da braucht der echte Kerl halt einfach mal eine Pause zwischendurch. Klingt plausibel. Alle Männer im Raum nickten erneut, einige brummelten unverständliche Laute in ihre Bärte. Die Frauen hingegen hatten sich inzwischen längst wieder anderen Themen zugewandt, einige besprachen grad die neue Kollektion von Stella McCartney. Ausser meine Liebste. Sie holte uns arme Höhlenbären mit einem einzigen Satz zurück ins Hier und Jetzt. Oder, etwas unbuddhistischer formuliert: in die harte Wirklichkeit. Sie sagte: «Männer wollen ein eigenes Zimmer, weil wir Frauen den ganzen Rest der Wohnung kontrollieren.»

So einfach ist das. Womit das Thema abgeschlossen war.

— Juli 2017 —

Frauen enthielten sich jeglicher Reaktionen auf diese Kolumne. Einige Männer aber erzählten mir wehmütig, dass sie liebend gerne so ein Herrenzimmer hätten.

Die Vögel
zum Letzten

L eider muss ich Ihnen eine überaus betrübliche Nachricht über-
bringen: Der Grüne ist tot. Mein lieber schlauer Wellensittich ist
nicht mehr. Er war ein guter Vogel.

Sie können sich vielleicht erinnern, dass ich Ihnen erzählt habe, wie er
äligs die Nachrichten kommentierte, alten Jazz und Heavy Metal mochte
und was für ein unglaublich begabter Sänger er war, vor allem wenn im
Fernseher ein Actionfilm lief oder meine Liebste und ich mit Gästen in
der Stube dinierten. Er hiess der Grüne, nicht wegen seiner politischen
Gesinnung, sondern wegen seines prächtigen Federkleids. Vor etwa zwei
Jahren hat er aus irgendeinem Grund eine Bruchlandung hingelegt,
und seither war er nicht mehr flugtauglich. Aus buddhistischer Sicht
könnte man auch sagen, er hat das irdische Fliegen überwunden. Auf alle
Fälle blieb er trotzdem ein putzmunterer Vogel, und der Gelbe, sein
Wellensittich-Gspändli, hat sich rührend um ihn gekümmert.

Dass der Grüne sich wegen eines lahmen Flügels nicht unterkriegen
liess, hat mich nie erstaunt. Er war, ich habs glaub schon erwähnt, ein
guter Vogel. Was mich allerdings immer wieder beeindruckte, war,
wie der Gelbe den Grünen umsorgte. Fast wie eine Krankenschwester,
die heute ja nicht mehr Krankenschwester heisst, sagen wir also fast
wie ein Pflegefachvogel. Er hat den Grünen immer wieder zu Fliegen ani-
miert. Er hat ihm das Schaukelstängeli hingehalten, damit er sich
wenigstens ein bisschen bewegt. In letzter Zeit, als der Grüne vermehrt
schlechte Tage hatte und nicht mehr entspannt auf seinem Stängeli
stehen konnte, hat der Gelbe ihn sogar beim Schlafen gestützt. Also so
richtig aneinandergeschmiegt waren die. Dazu muss man vielleicht
wissen, dass Wellensittiche gerne nah beieinander stehen, aber sehr
darauf bedacht sind, Körperkontakt zu vermeiden. Man kann sich das

vorstellen wie Menschen beim Busfahren. Der Gelbe hat sich aber entgegen seinem Instinkt geradezu an den Grünen rangeschmissen. Einmal habe ich sogar gesehen, wie er ihn gefüttert hat. Und weil er vor lauter Grünen-Pflege selber kaum mehr ausflog, ist er ein bisschen dick geworden.

Was mich zu zweierlei Erkenntnissen geführt hat. Erstens: Ich kanns echt nicht mehr hören, wenn Leute daherreden, dass Tiere bloss triebgesteuerte thumbe Wesen seien. Zweitens: Ich wünschte mir, mehr Menschen wären so mitfühlend und hilfsbereit.

Ich habe den Grünen mit wässrigen Augen im Garten begraben und mit allen Hausbewohnern ein letztes Mal mit einem Glas Weisswein auf ihn angestossen.

Den Gelben haben wir in die Vogelvolière nach Stansstad gebracht, eine grossartige Institution übrigens. Weil ich finde, nach so viel selbstloser Aufopferung hat es der Gelbe verdient, in einem möglichst grossen Vogelschwarm wieder ein aufregendes Wellensittichleben zu geniessen. Er ist ein guter Vogel.

— **August 2017** —

Wir haben den Gelben dann noch ein paarmal besucht.
Er hat in der Wellensittich-Abteilung der Volière sofort das Kommando
übernommen.

Neulich
im Poschti

Letzte Woche bin ich mit dem Postauto gefahren. Das ist, liebe Autofahrer, dieses grosse gelbe Ding auf Rädern, das dafür sorgt, dass Individual-Verkehrsteilnehmer nicht unsere Strassen verstopfen. Ich sass also im Postauto, neben mir eine ältere Frau, vor mir ein Mann mit Kinderwagen und Kind darin. Der Mann war, das ist wichtig, von ziemlich schwarzer Hautfarbe, vielleicht aus Eritrea oder sonstwo aus dem dunklen Herzen Afrikas. Auf alle Fälle las der Mann seelenruhig diese Gratiszeitung, in der lauter wertlose Meldungen drinstehen, während das Kind heiter im Kinderwagen rumturnte. Das Postauto tuckerte um allerlei Kurven, und ich vermisste das «Tütato», das früher bei solchen Gelegenheiten immer erklang. Aber wir haben ja schon genug Lärm in dieser Welt, darum wollte der Postauto-Chauffeur wahrscheinlich die braven Bürger, die direkt an der Strasse wohnen, nicht noch zusätzlich mit Geräuschen belasten.

Irgendwann wurde die Dame neben mir unruhig. Und immer unruhiger. Sie war in Sorge: Das Kind kletterte im Kinderwagen herum, und die Dame wagte wohl nicht daran zu denken, was alles passieren könnte, wenn das tapsige Kind aus dem Vehikel rausfällt und sich womöglich weh tut. Ein Genickbruch zum Beispiel. Oder wenigstens ein Schädel-Hirn-Trauma. Sie hielt ihre Arme hoch und machte sich bereit, das Kind im Eintretensfall oder besser gesagt: im Runterfall-Fall aufzufangen. Schliesslich hielt sie es vor lauter Sorge nicht mehr aus und machte den Mann, also den Vater, auf sein zappelndes Kind aufmerksam.

Der aber sagte nur: «Gahd scho, dä cha das.» Und blätterte weiter in den wertlosen Meldungen seiner Gratiszeitung. Und so fuhren wir weiter.

Der Mann las, das Kind zappelte, der Chauffeur chauffierte und die Dame hielt sich weiterhin hochkonzentriert bereit, das arme Kind vor dem sicheren Tod zu retten.

In Emmetten musste ich aussteigen und drückte den Halt-auf-Verlangen-Knopf. Auch für die Dame war hier offensichtlich Endstation, denn sie schickte sich ebenfalls an auszusteigen. Nach einem letzten, verzweifelten Blick zum immer noch auf wundersame Weise unversehrten Kind sah sie mich an und sagte – nein, es war mehr ein Zischen, also sie zischte: «Diese Ausländer wissen einfach nicht, wie man Kinder erzieht.»

Und zack – reingefallen! Denkfehler! Okay wäre gewesen, wenn sie etwas gesagt hätte im Sinne von: «Dieser Mann würde besser besser zu seinem Kind schauen, statt zwanzig Minuten lang wertlose News zu lesen.» Noch okayer wäre gewesen: «Das ist sein Kind und seine Verantwortung, das geht mich nichts an.»

Aber sie hat eben gesagt: «Diese Ausländer.» Und das ist der Denkfehler: Dieser Mann ist nicht «diese Ausländer». Er ist bloss ein Mann mit Kind.

Als sich die Tür des Postautos öffnete, hat sich die Dame vorgedrängelt und fluchtartig die Szenerie des Grauens verlassen. Leider hat sie nicht mehr gehört, wie sich der Chauffeur freundlich dafür bedankte, dass wir alle mit dem öffentlichen Verkehr gefahren sind. Er hat das in astreinem Hochdeutsch gesagt. Er ist wahrscheinlich einer dieser Busfahrer, die die Schweizer ÖV-Betriebe vor einiger Zeit in der ehemaligen DDR abgeworben haben. Leider weiss ich nicht, ob unser Chauffeur Kinder hat.

— **September 2017** —
Wir fahren trotzdem Postauto.

Mir reichts jetzt

Es gibt da diesen Witz, den ich irgendwie noch lustig finde. Der geht so: Die Syrer haben das Geld erfunden – aber warum so wenig? Ha ha! Der ist fast so gut wie der mit dem Pferd, das in eine Bar kommt. Aber das ist eine andere Geschichte. Jedenfalls: Geld hat man irgendwie immer zu wenig. Weil es immer irgendwelche Dinge gibt, die man gerne noch hätte oder gerne tun würde, aber eben. Drum ist der Witz so lustig, auch wenn die Syrer derzeit wenig zu lachen haben. Es ist eine Art Galgenhumor.

Etwas sachlicher formuliert, kann man sagen: Geld schafft Möglichkeiten. Mehr Geld schafft mehr Möglichkeiten, und weniger halt weniger. Das ist simple Logik. Leider Gottes, werden die Weltretter jetzt sagen, aber ich glaube, dem ist die Sache mit dem Münz eh ziemlich wurscht. Sogar dann, wenn der Herrgott eine Fraugott sein sollte.

Aber wenn ich mehr Geld habe, das stimmt, dann kann ich mir mehr leisten. Ich zum Beispiel gönne mir hin und wieder ein feines Mahl in einem ausgezeichneten Restaurant. Dort träume ich dann davon, ein ganzes Jahr auf Weltreise zu gehen und nur in den besten Hotels abzusteigen. Aber eben: Das wird mit an Sicherheit grenzender Wahrscheinlichkeit ein Traum bleiben. Das bleibt jenen überlassen, die sich das leisten können. Mir bleibt da nur das Lotto-Spiel.

Aber hey: Ich habe kein Problem damit, dass aus meiner Reise nie was wird. Weil ich weiss, dass ich dafür nicht reich genug bin. Und jetzt kommt der springende Punkt: Ich habe gleichzeitig nicht das geringste Problem damit, dass es Leute gibt auf dieser Welt, die sich meinen Traum leisten können. Ich bin ihnen das nicht neidig. Weil die ja ein ganz anderes Leben leben als ich, weil die in ihrem Beruf ganz andere Sachen leisten als ich. Und weil ich mit meinem Leben so zufrieden bin, dass ich nie und nimmer mein Leben mit ihrem tauschen würde.

Darum habe ich grosse Mühe zu verstehen, warum so viele Leute so gerne über «die Reichen» ablästern. Und damit meine ich nicht Superstars wie Cristiano Ronaldo oder Angelina Jolie. Sondern «die Reichen» ganz in unserer Nähe. Um genau zu sein: Die auf dem Bürgenstock. Dort kostet ein Kaffee Creme acht Franken, und ich höre immer wieder Leute empört motzen: Da können wir ja nie hin, das können wir uns gar nicht leisten, das ist ungerecht.

Aber gegen diesen Vorwurf muss ich zwei Dinge sagen. Erstens: Das Bürgenstock-Resort ist tatsächlich für reiche Leute gemacht. Man nennt das Zielgruppe. Genauso, wie die Geiz-ist-geil-Läden Aldi und Lidl exakt auf eine Zielgruppe zugeschnitten sind. Dagegen gibt es nichts einzuwenden. Und zweitens: Das Resort steht uns «armen Schluckern» genauso offen wie den Reichen. Wir können da jederzeit hingehen und uns in teuren Sofas fläzend bei unbezahlbarer Aussicht die reichen Menschen ankucken. Und dazu einen Acht-Franken-Kaffee trinken, der mit Extra-Guetsli und Schnickschnackzucker serviert wird. Das habe ich mir letzte Woche gegönnt. War lustig. Und das nächste Mal gönn ich mir den Spa.

— **November 2017** —

Und wenn ich mal im Lotto gewinne, kaufe ich das ganze Bürgenstock-Resort.

Jesus, dein Freund
und Helfer

Eine meiner Lieblings-Reisegeschichten geht so: In Hanoi, Vietnam, gibt es eine riesige Verkehrskreuzung. Das heisst, eigentlich ist es ein grosser runder Platz, in den neun Strassen münden. Neun. Und das ohne eine einzige Ampel und ohne Spurensignalisation. Und Hanoi hat viel Verkehr, richtig viel. Den ganzen lieben langen Tag fahren also Velos, Töffli, Rikschas, Kulis, Lieferwagen und Autos aus neun Zufahrten über diesen Platz, sodass sich darauf ein enormer Pulk von buchstäblich kreuz und quer durcheinanderwuselnden Verkehrsteilnehmern bildet. Was mich dabei so endlos faszinierte, war der Umstand, dass es in diesem Gewusel kein Gehupe, kein Geschrei, nicht mal Gezanke und schon gar keine Zusammenstösse gab. Als Fussgänger konnte ich sogar komplett unbeschadet quer durch den Pulk laufen. Das habe ich aus lauter Begeisterung mehrmals täglich gemacht – und mir dabei gedacht, dass sowas bei uns zu Hause nicht möglich ist. Was mich zur Frage führte: Warum nicht?

Das klingt jetzt vielleicht ein wenig sonderbar, aber für mich hat das auch mit Religion zu tun. Meine Antwort lautet also: Weil Vietnam ein buddhistisches Land ist. Denn im Buddhismus nimmt sich der Einzelne nicht so rasend wichtig, wie wir Christen das dauernd tun. Deshalb müssen die Hanoier nicht dauernd andere Hanoier anhupen. Klar: Vietnam ist auch kommunistisch und tropisch. Aber über allem eben auch buddhistisch.

Nun befürchten Sie wahrscheinlich, dass ich jetzt die grosse Standpauke auffahre: Seid doch lieb zueinander und so. Aber Sie können beruhigt sein: Darum geht es mir nicht. Auch die Sache mit dem Verkehr ist mir im Grunde wurscht. Hupen Sie ruhig, wenn es im Stau Ihre Nerven entspannt.

Was mir den Platz in Hanoi zum Lehrblätz machte, ist Folgendes: Jede Religion lehrt Werte und Ideale, denen ihre Anhänger nachleben sollen. Logischerweise prägt somit eine Religion über die Jahrhunderte den Alltag ihrer Anhänger, und zwar durch und durch. Sogar dann, wenn jemand längst der Religion abgeschworen hat. Ein Beispiel: Bei uns gibt es diesen Satz «Auge um Auge, Zahn um Zahn». Bei den Buddhisten hingegen beugt sich der Bambus dem Wind. Und deshalb ist unser Alltag ein anderer als der in Asien.

Genau deshalb finde ich es für uns so zentral wichtig, dass wir uns in der Religion des Christentums auskennen. Damit wir verstehen, warum wir im Alltag so ticken, wie wir eben ticken. Ganz unabhängig davon, ob man an all die Verheissungen des Christentums glaubt oder nicht. Deshalb finde ich es unter anderem verheerend, dass Eltern ihre Kinder nicht in den Religionsunterricht schicken. Oder dass man die Kirche generell doof findet. Oder dass man sich in der Bibel kein bisschen auskennt. Weil man sich damit der Möglichkeit beraubt, sich selber, seine Kultur und seinen Alltag in der notwendigen Tiefe zu verstehen.

In diesem Sinne wünsche ich Ihnen, liebe Christenmenschen, von Herzen ein gesegnetes Weihnachtsfest.

— **Dezember 2017** —
Diese Kolumne über Vietnam habe ich während meiner Ferien
in Costa Rica geschrieben – ins Handy eingetippt in einer Hängematte.

Fassen Sie
Ihr Glück

W ie Sie wahrscheinlich auch, bin ich gerne glücklich. Weil: Das ist einfach ein gutes Gefühl! Und ich meine jetzt nicht nur diese ganz seltenen, ganz grossen Momente, wo man vor lauter Glück nichts anderes mehr tun kann als zu blubbern und zu brodeln, zum Beispiel wenn man frisch verliebt ist. Solche Phasen sind im Leben dummerweise viel zu selten, da kann man sich als Glücks-Sucher nicht drauf verlassen.

Ich meine vielmehr all die vielen Augenblicke, in denen man für einen flüchtigen Moment im Glück schwelgt. Diese kleinen Glücks-Kicks zwischendurch. Zum Beispiel Schokolade essen. Also für alle, die das noch nicht wussten: Beim Essen von Schokolade setzt das Hirn das Hormon Endorphin frei. Und je mehr Endorphin in unserem Blut fliesst, umso glücklicher fühlen wir uns. Ist im Grunde reine Chemie. Trotzdem esse ich gerne Schokolade. Und zwar täglich.

Und genau das ist mein Problem: Jetzt beginnt ja bald wieder die Fastenzeit, und dann werde ich wie immer 40 Tage lang auf Schokolade verzichten. Kleine Disziplin-Übung. Aber keine Schoggi heisst eben auch kein Endorphin und keine kleinen Glücks-Kicks, und das ist ja irgendwie doof.

Glücklicherweise wurde ich gestern gerettet. Meine Liebste erklärte mir nämlich, dass Chili genau dasselbe macht wie Schokolade: Wenn man das rote Gewürz isst, schüttet das Hirn Endorphine aus. Natürlich habe ich daraufhin sofort beschlossen, mir einen gigantischen Vorrat an Chili zuzulegen, damit ich Endorphin-technisch unversehrt über die Fastenzeit komme. Ab Aschermittwoch jeden Tag eine ordentliche Ladung scharfe Schoten aufs Butterbrötli, und der Glücks-Kick ist perfekt. Mit dem Verzichten auf Fleisch und Zigaretten während der Fastenzeit habe ich ja dann immer noch genug zu tun.

Aber es kommt noch besser: Heute Morgen beim News-Surfen im Internet bin ich auf eine weitere Glücks-Kick-Rettungsmöglichkeit gestossen. Die Wissenschaft hat herausgefunden, dass bei einer Umarmung ebenfalls Endorphine ausgeschüttet werden, vor allem, wenn man den Umarmten an seine linke Seite drückt. Das gilt übrigens auch für und bei Frauen, Hashtagmetoo hin oder her.

Das Glück ist also buchstäblich einfach zu fassen. Eine Umarmung, so sagen die Forscher, sei ganz okay. Aber mehr Umarmungen seien natürlich besser. Ideal seien mindestens zehn Umarmungen täglich. Noch mehr Umarmungen pro Tag führten zu einer Art konstantem Glücksgefühl, das dann bis in die Nacht hinein anhalte.

Keine Frage also, was ich nun tun werde: Möglichst viel Chili essen und täglich Schoggi futtern, ausser in der Fastenzeit natürlich. Und möglichst viele Menschen umarmen. Wer macht mit?

— **Februar 2018** —

Ich bleib dabei: Umarmt euch! Heisst auf Englisch übrigens «I want to Hug you».

Nach der Wahl ist vor der Wahl

Ist das nicht wunderbar? Gestern war eben noch der internationale Tag der Frauen, und schon morgen ernennen wir eine von ihnen zur Schönsten von allen: Es ist wieder Miss-Schweiz-Wahl! Diesmal müssen wir Urschweizerinnen und Urschweizer zusammenhalten, denn wir haben jetzt eine Lieblingskandidatin: Vanessa Leuzinger. Sie heisst wie das grossartige Kino in Altdorf, was auf ihre Urner Wurzeln hindeutet. Vanessa wohnt aber in Emmetten NW in der Nähe des Erziehungsdirektors Res Schmid, sie ist in der Ausbildung zur Primarlehrperson. Ich vermute, ihr Erkennungszeichen unter den elf Miss-Anwärterinnen ist ihr schief gelegter Kopf: Auf allen Bildern knickt der nämlich irgendwie nach hinten oder nach vorne, meistens aber zur Seite. Und sie ist diejenige unter den Kandidatinnen, die die Uhr Facet Rosé Schwarz der Marke Jowissa trägt, Preis im Internet-Shop: 229 Franken, Versand gratis.

Ich finde Miss-Schweiz-Wahlen toll. Am liebsten würde ich da mitmachen. Ja, ich wäre eine tolle Miss Schweiz! Denn erstens wünsche ich mir ebenfalls Weltfrieden, und zwar schon lange. Zweitens sehe ich im Bikini supersexy aus, ich habs ausprobiert. Zugegeben, ich müsste mir die Wädli wachsen, aber das macht Vanessa Leuzinger wahrscheinlich auch.

Als Miss Schweiz würde ich nach Afrika reisen und mich für die Bekämpfung des Welthungers einsetzen, die «Schweizer Illustrierte» würde mich begleiten, und ich würde im Interview sagen: «Wir müssen etwas tun.» Ich würde schöne Werbung für Einkaufszentren machen, und ich wäre eine fantastische Moderatorin im Regionalfernsehen. Danach würde ich DJ werden oder Model oder in Amerika eine Schauspielschule anfangen, das habe ich noch nicht definitiv entschieden. Ich würde nur noch heimlich rauchen. Und ich würde im Fall immer diese Uhr von Jowissa tragen, ich würde meine Jowissa Vanessa taufen.

Nur vor meiner Zeit als Ex-Miss-Schweiz würde ich mich ein bisschen fürchten. Weil ich ja dann den Rest meines Lebens wie 21 aussehen müsste, und das stelle ich mir recht anstrengend vor. Haben Sie sich in letzter Zeit mal die Ex-Miss-Schweiz Melanie Winiger angesehen? Die sieht aus, als wäre ihr ganzes Gesicht mit einer grossen dicken Gelee-Packung unterlegt. Oder Nadine Vinzens? Also falls Sie sich nicht mehr an sie erinnern: Nadine war 2002 Miss Schweiz, seither ist sie Ex-Miss-Schweiz, DJ, Model und US-Schauspielerin. Jetzt ist sie 34, und wenn sie versucht zu lächeln, stehen ihr die mit Silikon aufgepolsterten Backen wie Pingpongbälle vom Gesicht ab, und ihre aufgespritzten Lippen verziehen sich schräg. Immerhin dementiert sie, dass sie ihre Pobacken aufgepolstert hat, auch wenn dieser Po ganz eigenartig aussieht. Also wenn ich Miss Schweiz wäre, würde ich mindestens bis 40 warten, bis ich mich mit Silikon verunstalten würde.

Aber hey: Ich wünsche Vanessa viel Glück morgen.

— **März 2018** —

Vanessa hat dann leider nicht gewonnen. Deshalb habe ich mich selber zum Statthalter der Miss Schweiz ernannt und mein eigenes Miss-Schweiz-Jahr ausgerufen (siehe No 159). Hat zwar niemand verstanden, aber ich fands lustig.

Auf Wiedersehen, Stephen

Seit der Astrophysiker Stephen Hawking das Zeitliche gesegnet hat, versteht niemand mehr die Schwarzen Löcher, die im All rumschwirren und alles in sich reinsaugen, was irgendwie nach Materie aussieht. Kein Wunder, krümmt sich da der Raum. Trotzdem bin ich letzte Woche selber in ein schwarzes Loch gefallen, allerdings in ein sehr irdisches. Aber nicht, weil ich nicht zur Miss Schweiz gewählt worden bin und Vanessa Leuzinger auch nicht, obwohl beides natürlich schrecklich ist.

Aufgetan hat sich das grosse schwarze Loch wegen dem Weltklassefussballer Neymar. Das ist der, der für 222 Millionen Euro den Club gewechselt hat. Also der Neymar, der hat sich an einem Fussknochen verletzt, Fadenriss, nun ist er arbeitsunfähig und muss sich ein paar Wochen schonen. Weil Fussballer müssen sich ja immer wegen jedem Boboli sofort ein paar Wochen schonen. Jetzt sitzt also der Neymar im Rollstuhl, damit er nicht laufen muss, und postet auf seiner Facebook-Seite ein Bildli von sich selbst im Rollstuhl mit einem Zitat von … genau: Stephen Hawking.

Das Zitat geht so: «Man muss eine positive Einstellung haben und das Beste aus der Situation machen, in der man sich befindet.» Interessant ist dabei der Umstand, dass Hawking wegen einer Krankheit komplett bewegungsunfähig an den Rollstuhl gefesselt war und jetzt tot ist, während Neymar nur mal eben Suva reinzieht und schon bald wieder spielen kann.

Und genau hier schieden sich die Geister der Leser, die diese Meldung auf «20 Minuten» online gelesen haben. Die einen fanden, das gehe in Ordnung, weil man ja tatsächlich immer aus jeder Situation das Beste machen sollte.

Andere Gratiszeitungsleser fanden, das mit Neymar und Hawking gehe gar nicht. Weil der eine ist ein Astrophysiker und der andere ein Fussballer. Beziehungsweise der eine ist jetzt tot und der andere nicht. Besonders originell: Weil der eine gescheit ist und der andere dumm. Der Leser Günter Klein weiss das sogar sehr genau – ich zitiere: «Stephen Hawking war 222 Millionen Mal intelligenter als Neymar.» Keine Ahnung, wie der Günter das rausgefunden hat.

Aber das war erst der Anfang, und das war der Grund, warum ich in besagtes schwarzes Loch gestürzt bin: Wegen der vielen absolut unanständigen Kommentare. Der Leser Klaus zum Beispiel schrieb: «Mein Gott ist der Mensch strunzdumm und peinlich.» C. Arioca dozierte ohne Fragezeichen: «Woher soll Neymar den Hawking kennen.» Und Paul G. meinte: «Was für eine erbärmliche Type dieser Neymar nur ist.» Und so weiter und so fort, weit über 100 Kommentare lang.

Woher kommt soooo viel Unverschämtheit von Leuten gegenüber jemandem, den sie nicht kennen, zu einer Situation, die letztlich völlig ohne Bedeutung ist?

Also wenn das die Art ist, wie man in sozialen Medien miteinander um-geht, dann lasse ich mich doch lieber ins All schiessen und verschwinde in einem Schwarzen Loch.

— **März 2018** —

Inzwischen habe ich aufgehört, «Watson» und «20 Minuten» zu lesen, und grundsätzlich lese ich keine Kommentare mehr im Netz. Geht wunderbar!

Von Menschen und Bäumen

Es ist schon eine ganze Weile her, aber immer noch lustig: Als Teenager las ich begeistert Bücher über Indianer. Mir gefiel, wie stark das edle Volk mit der Natur verbunden war. Der grosse Häuptling Seattle wollte kein Geld essen, und der noch grössere Häuptling Sitting Bull wollte sein Herz an der Biegung des Flusses begraben haben. Den allergrössten Eindruck aber machte mir Häuptling Crazy Horse, weil er mit Bäumen sprach.

Das wollte ich damals natürlich auch. Hoffnungsfroh ging ich in den Wald, setzte mich vor einen Baum und wartete. «Nun sag was», sagte ich. Aber da kam kein Gesicht aus dem Stamm wie bei «Pocahontas», mein Baum schwieg hartnäckig. Und mir wurde meine naive Unternehmung dermassen peinlich, dass ich enttäuscht nach Hause stapfte und ein demoralisiertes Teenager-Gedicht verfasste.

Mit dieser Lyrik verschone ich Sie lieber. Aber ich möchte Ihnen von einem sehr poetischen Erlebnis aus meiner Postpubertät erzählen: Letzte Woche war ich im Wald spazieren. Der Boden ist jetzt übersät mit bunten Blumen, die Blätter an den Bäumen preschen aus den Knospen. Es ist Frühling, die Sonne scheint. Und ich dachte darüber nach, was die Welt seit meinem Teenager-Erlebnis über den Wald gelernt hat. Zum Beispiel, dass Bäume nicht nur mit Pheromonen über die Blätter, sondern auch mit elektrischen Impulsen über die Wurzeln kommunizieren – das sind übrigens die gleichen Impulse, die unser Menschenhirn zum Denken bringen. Diese Impulse werden zwischen zwei weit entfernten Wurzeln via Pilzgeflecht quasi per Telefon übertragen. Für ihre Dienstleistung werden die Pilze mit Zucker gefüttert.

Oder das: Alte Bäume füttern junge Bäume über ihr Wurzelwerk, und alle gemeinsam erhalten den Strunk eines abgesägten Baums am Leben, manchmal jahrtausendelang. Bäume warnen sich gegenseitig vor knospenfressenden Hirschen und kämpfen aktiv gegen fäulnisbringende Pilze. Und dann noch dies: Bäume derselben Art wehren sich gemeinsam gegen Vertreter anderer Arten. Wobei genetisch verwandte Bäume sich gegenseitig Platz zum Wachsen machen und Buchen ausgeprägte Familienbäume sind.

Das alles hat nichts mit Esoterik zu tun, im Gegenteil: Das haben Wissenschaftler in den letzten Jahren hieb- und stichfest bewiesen – darum klingt diese Aufzählung vielleicht ein bisschen belehrend. Aber als faktengläubiger Mensch konnte ich mir auf meinem Spaziergang lebhaft vorstellen, wie es unter meinen Füssen telefoniert und füttert und liebkost.

Das hat etwas überaus Tröstliches: Der Wald als Stadt aus eigenständigen Wesen, die Erfahrungen sammeln, Entscheidungen treffen und Taten vollbringen. Vielleicht hat der grosse Häuptling Crazy Horse das gemeint, als er sagte, er spreche mit Bäumen. Von Umarmen hat er übrigens nichts gesagt. Wir drücken ja auch nicht jeden an unser Herz, dem wir auf der Strasse begegnen. Aber ein Baum als Individuum, dem man Respekt zollt, dieser Gedanke gefällt mir. Ich glaube, ich schreibe ein Gedicht darüber.

— April 2018 —

Am besten gefällt mir die Idee, dass Pflanzen Entscheide fällen.
Das macht sie uns Menschen so verständlich.

Mineralien
für alle!

Kann ich Ihnen helfen», fragte mich letzthin eine Verkäuferin im Einkaufs-Center. Sie sagte das nicht freundlich wie sonst immer, sondern wirkte ernsthaft besorgt. Vielleicht befürchtete sie, ich hätte im Stehen eine Art Kreislaufkollaps mit Schockstarre erlitten. Denn ich starrte schon seit Minuten wie angeleimt auf dasselbe Gestell. Das musste ich, weil ich komplett hingerissen war von der Auswahl an sogenannten Nahrungsergänzungsmitteln. Die wollte ich natürlich alle eingehend studieren. Wo sonst kann man sich seine Gesundheit so unbeschwert und individuell zusammenstellen wie hier, wo weit über ein Dutzend verschiedene Kapseln der Firma mit dem vertrauenserweckenden Namen Doppelherz zur Auswahl stehen?

Weil schliesslich fühle ich mich manchmal müde, seit der Frühling da ist. Und nun musste ich mich entscheiden, ob ich diesen Mangel an Wach-Sein mit «Energie-Kick» oder «Energie-Start» oder «Eisen + C» oder dann doch lieber mit dem Rundum-Wohlfühlpaket «A–Z» beheben sollte. Immerhin, soviel war mir klar: Den «Antarktis Krill» sollen die Pinguine fressen, und «Bierhefe + Kieselerde» trink ich lieber als Bier. Und an was genau bindet «Fett-Binder» das Fett?

Der Grund, warum ich wirklich lange vor diesem Gestell stehen blieb, war dann aber ein ganz anderer: Da hingen auch die Packungen «Männer Mineralien» und «Frauen Mineralien», beide übrigens ohne Bindestrich, den sollte man noch ergänzen. Mich erstaunte, dass Frauen für ihr Wohlbefinden 11 Vitamine und 5 Mineralstoffe brauchen, während der Mann mit nur 4 Vitaminen und 3 Mineralstoffen auskommt. Zudem ist auf der Frauenpackung eine armschwingende Frau gezeichnet, während die Männerpackung die Fotografie eines lächelnden Mannes zeigt, der von einer noch mehr lächelnden Frau umarmt wird.

Was will uns das bedeuten? Dass Männer tatsächlich einfacher gestrickt beziehungsweise bestückt sind als Frauen? Beziehungsweise dass Frauen eben doch manchmal kompliziert sind? Und befinde ich mich mit diesem Verdacht schon mitten in der MeToo-Debatte?

Es kam aber noch schlimmer: In der Packung «Senior», die zwei Frauen und zwei Männer in legerer Vergnügtheit zeigt, sind 9 Vitamine und 4 Mineralstoffe enthalten. Heisst das, dass sich Frauen und Männer im Alter angleichen und aussöhnen? Aber warum heisst die Packung dann «Senior» und nicht gendergerecht «Seniorinnen und Senioren»? Man könnte ja, damit alle Worte Platz haben, die Packung etwas grösser machen, weil alte Menschen sowieso einen Hang zu mehr Tabletten haben als jüngere, von Ecstasy-Pillen mal abgesehen.

Herrje, das war alles so kompliziert! Darum war ich froh, hat mich die nette Verkäuferin mit ihrer Sorge um mein Wohlbefinden aus meinem Dilemma befreit. «Ist schon in Ordnung», habe ich ihr geantwortet, «ich geniesse bloss den Frühling.»

— Juni 2018 —

Meine Liebste hat letzthin ein neues Nahrungsergänzungsmittel mit Lutein und Zeaxanthin für «Erwachsene ab 45 Jahren» mitgebracht. Keine Ahnung, was das ist. Aber «die angegebene empfohlene tägliche Verzehrsmenge darf nicht überschritten werden».

Auf eine Runde Fussball!

Also ich bin ja nicht so der Fussballfreund. Bisher dachte ich immer, Rakitic sei ein französisches Gemüsegericht und Trippier eine Geschlechtskrankheit. Aber seit die besten Fussballteams der Welt in Russland ihre Kräfte messen, bin ich voll der Tschuttifan. Natürlich auch wegen der Matches. Haben Sie Argentinien gegen Kroatien gesehen? Lagomio, war das ein Gebolze! Oder Japan gegen Belgien? Wo die Japaner ihre Feinde überrennt und am Ende trotzdem verloren haben? Und wie der Neymar immer am Boden liegt! 14 Minuten in 4 Spielen! Und das für 222 Millionen! Und dann dieser Ronaldo: Schwänzelt immer nur vor dem gegnerischen Tor rum und wartet selbstgefällig, bis er bedient wird!

Was mir aber noch mehr gefällt als die Raserei auf dem Rasen, ist Public Viewing. Ich geh immer in die Jlge in Stans, wo ich mich seit drei Wochen von Uelis feinen Chiliwürsten ernähre. Dann begrüsse ich die Leute: «Sali zäme, ich bin der Hug und ich mag Fussball.» Und alle antworten: «Sali Hug.» Es ist ein bisschen wie bei den Anonymen Alkoholikern, hier kann man offen über Fussballsucht reden.

Und wie geredet wird! Über schöne Schwalben und doofe Doppeladler und lahme Enten, übers Rumgockeln und Rausfliegen. Manchmal hört sich das an wie ein Kongress der Ornithologen: Jeder beobachtet die Spieler, und alle haben eine Meinung dazu. So wünschte ich mir eigentlich die Demokratie in unserem Land. Aber immerhin: Beim Fussball klappt das problemlos.

Genau das ist es, was mir am Public Viewing so gefällt: Es gibt keine Distanz unter den Zuschauern. Man ist ohne Vorspiel direkt mitten in den wildesten Diskussionen mit Leuten, die man noch nie zuvor gesehen hat. Man spendiert sich gegenseitig Bier, und niemand reklamiert, weil der alte Schwede am Nebentisch eine dicke Zigarre pafft. Einmal habe ich ein T-Shirt der spanischen Nationalmannschaft mit einem dänischen verwechselt, da habe ich mich peinlicherweise als totale Fussballnulpe blossgestellt, aber das war für den T-Shirt-Träger völlig in Ordnung. Er hat mir dann die Vorzüge der senegalesischen Mannschaft erklärt. Und die Sache wegen Salif Sané und Schalke 04.

Heute und morgen ist zum Abschluss kleiner Final und Final. Da freue ich mich drauf. Ich hätte mir ja Frankreich gegen England gewünscht. Oder Deutschland gegen Russland im Stadion von Stalingrad. Weil diese Länder früher mit Kanonen aufeinander losgegangen sind, und jetzt spielen sie Fussball gegeneinander. Wer sagt denn, dass Fussball nicht friedensfördernd sei…

Und am Montag beginnt dann der ganze WM-Zyklus wieder von vorne. Weil nach dem Spiel ist bekanntlich vor dem Spiel. Das weiss sogar ich. Spätestens ab der nächsten WM bin ich dann wieder voll dabei.

— Juli 2018 —
Oder wie Sepp Blatter immer meinte: «Es isch der Füessball.»
Damit ist eigentlich schon alles gesagt.

Eine Velotour
mit Folgen

Viele meiner Freunde sind Biker. Die rasen mit ihren Velos die Berge rauf und runter und nochmal rauf und wieder runter, dann tapsen sie mit ihren klackenden Veloschuhen und ihren wattierten Hosen in eine Beiz, bestellen mit gutem Gewissen einen Halben süssen Eistee mit Zitronenschnitz und sind glücklich. Und dauernd bestürmen sie mich: «Das muesch im Fall au mache, da blibsch fit.» Das hat immer so ein bisschen was Hysterisches. Manchmal werde ich das Gefühl nicht los, Ü50-Biker wollen ihrem eigenen Tod davonfahren.

Trotzdem haben vor ein paar Tagen die Predigten meiner todesfürchtigen Freunde Früchte getragen: Es war schönes Wetter, ich bin auf mein Velo gestiegen und zielstrebig Richtung Grafenort gedüst. Natürlich wurde ich unterwegs von sämtlichen Halbprofiradlern überholt, wahrscheinlich, weil sie atmungsaktive Acrylshirts trugen. Ich selber schaffte bloss ein paar junge Mütter mit Kinderwagen.

Aber hey: In Grafenort angekommen, überströmte mich ein wohliges Gefühl von Glück und kosmischer Liebe. Ich war ziemlich geschlaucht und deshalb froh, dass ich im Hof Neufallenbach diesen wunderbaren Blumen-Eistee trinken konnte. Ich fühlte mich fit für die Heimfahrt – und plante bereits meinen nächsten Velo-Trainingsausflug. Am liebsten schon morgen. Und übermorgen grad nochmal. Das ist glaub so ein Männerding, dass man sich in der Euphorie immer gleich ein neues Ziel steckt, kaum hat man das erste erreicht.

Am Abend rief mich meine Mutter an. Ich erzählte ihr von meinem sportlichen Tun, was sie natürlich begeisterte, weil sie findet, ich sei sowieso ein fauler Sack. Bewegung sei gut für meinen hohen Blutdruck. Und dann sagte sie: «Aber legg de e Helm aa!» Mit Ausrufezeichen.

Das war ein liebevoller, fürsorglich gemeinter mütterlicher Rat. Aber gopf, ich bin jetzt 53! Das hat mich ein bisschen verärgert, in meinem Alter gilt man schliesslich als erwachsen. Aber dann wurde mir einmal mehr klar: Mütter sind so. Machen sich immer Sorgen um ihre Kinder. Ihr ganzes Leben lang. Väter auch. Ich mache mir ja auch Sorgen um meine eigenen Kinder, obwohl die alle längst ausgeflogen sind.

Aber beim Nachdenken über ewige Mutterliebe und kurzzeitige Freude am Velofahren kam ich dann ins Grübeln. Ich fühlte mich irgendwie zwischen Stuhl und Bank. Einerseits: Kann ich nie wirklich erwachsen werden? Und anderseits: Habe ich jetzt auch angefangen, meinem eigenen Tod davonzuradeln? Beides brachte ich nicht unter einen Hut. Vielleicht sind es genau diese Fragen, über die meine Bikerfreunde nachdenken, wenn sie die Höger rauf und runter düsen. Ich glaube, ich frage sie mal, wenn sie das nächste Mal süssen Eistee in ihren wattierten Hosen trinken.

— **Juli 2018** —

Ich suche immer noch dieses Wort, das ich mal gehört habe:
Es ist die Abkürzung für die sinngemässe englische Bezeichnung
von «alten Männern in Plastikkleidern auf neuen Velos».
Wer kann weiterhelfen?

Hashtag Bye Bye

Bisher habe ich bei der MeToo-Debatte artig mitgemacht. Ich bin keiner Diskussion ausgewichen. Ich mache keine Scherzli mehr, sondern bleibe immer ernst. Und im Zweifelsfall gucke ich lieber in die Wolken als zu einer Frau, nur für den Fall, dass sie sich auf irgendeine Weise durch meinen Blick würde belästigt fühlen können.

Das ist zwar nicht lustig. Aber trotzdem: MeToo ist super, ich bin dabei! Auch wenn ich finde, dass man jahrhundertealte Malerei wegen eines blutten Busens nicht extra von den Museumswänden nehmen muss, wenn nebendran ein Bild vom nackten Adonis hängt. Weil ich nicht glaube, dass ein Bild aus dem 14. Jahrhundert heutige Männer dazu verleitet, zu Hause ihre Frauen zu prügeln. Aber trotzdem, ich bin dabei!

Vorletzte Woche hat mein Leben als Mann allerdings einen neuen Tiefpunkt erreicht. Tamara Funiciello, die Präsidentin der Schweizer Jungsozialisten, hat in einer Pressekonferenz zusammen mit vier weiteren SP-Frauen zum Tiefschlag ausgeholt und gesagt, in unserem Land herrsche eine «toxische Männlichkeit». Sinngemäss übersetzt heisst das: Alle Männer sind Schafseckle. Und zwar alle. Frau Funiciello hat nicht gesagt, dass zum Beispiel nur prügelnde Männer toxisch sind, also giftig. Oder Vergewaltiger. Sie meinte alle Männer. Genauso wie der allerneuste Hashtag zum Thema, der heisst MenAreTrash, was wörtlich übersetzt «Männer sind Müll» bedeutet. Also alle Männer. Also auch ich. Und Sie übrigens auch, lieber Leser.

Seither fühle ich mich … beschissen, ich kanns nicht anders formulieren. Ich sitze in einem Restaurant, trinke Kaffee und fühle mich toxisch. Böse. Ich vergifte die Frauen am Tisch nebenan alleine durch meine An-wesenheit. Wenn ich ein Brot einkaufe und die Verkäuferin fragt mich, was ich gerne hätte, dann fühle ich mich toxisch. Eine Gefahr für die Verkäuferin, bloss weil ich ein Mann bin. Vielleicht twittert sie ja danach auf MenAreTrash einen Satz wie «Ein Mann verlangte ein Weggli von mir, so ein Drecksack.» Und ich sitz dann zu Hause und beisse schuldbewusst in mein veganes Brötli.

Nun ja. Ich habe in meinem Leben noch nie eine Frau geschlagen oder vergewaltigt. Ich habe noch nie eine Frau zu etwas Grusigem gedrängt und noch nie eine Frau betatscht. Und ich lasse die «toxische Männlichkeit» und «MenAreTrash» nicht auf mir sitzen.

Deshalb verabschiede ich mich jetzt aus der MeToo-Diskussion. Ich habe genug Prügel eingesteckt und Gift geschluckt. Wenn ich einen Twitter-Account hätte, würde ich einen Hashtag eröffnen mit dem Namen «ByeByeMeToo». Dort könnten sich Tausende von anständigen Männern anschliessen und der Welt kundtun, dass wir Männer lieber in den Himmel gucken, als uns als toxische Gefahr bezeichnen zu lassen. Und tschüss.

— **August 2018** —

Natürlich kann man sich aus der MeToo- und der Gleichberechtigungsdebatte nicht einfach ausklinken. Wir bleiben dran. Und wir kommen weiter. In den Erfolgen wie in den Auswüchsen.

Neulich am Futtertrog

Fragen Sie nicht, wie es so weit gekommen ist. Aber letzte Woche war ich in einem Ikea. Also im Ikea-Restaurant. Und dort habe ich, weil ich halt schon mal dort war, diese Ikea-typischen Fleischbällchen gegessen, Köttbullar heissen die. Es gab Kartoffelstock mit Schlabbersauce dazu und verkochte Erbsli im Glas. Kostete inklusive Getränk nur ein paar Franken.

Es war fürchterlich. Es war richtig grauenhaft. Alles schmeckte nach nichts, wahrscheinlich hat nasser Karton mehr Aroma. Und alles war schrecklich pampig. In meinem Teller lag Zeugs, das nur so tat, als wäre es Essen.

Nun gut. Ich will nicht jammern. Ich wusste ja, wo ich war, nämlich im Ikea, und da sind die Menüs noch billiger als die Möbel. Was mich hingegen verblüffte, war, dass das schmucklose Restaurant bis auf den letzten Platz besetzt war. Eine riesige Kantine voll von Billig-Essern. Und komischerweise zeigte kein einziger irgendwelche Anzeichen von Heiterkeit. Niemand freute sich über das Futter-Schnäppchen. Kein Wunder, dachte ich mir, denen ist die Pampe wahrscheinlich genauso im Hals steckengeblieben wie mir.

Die Fleischbällchen stiessen mir noch am nächsten Morgen unangenehm auf, als ich in der Migros einkaufen war. Aber dann kam alles noch schlimmer. In der Fisch-Auslage entdeckte ich, ganz neu im Angebot: Budget-Sushi! Ja, genau: Budget-Sushi. Also Billig-Thuna aus der Dose und Billig-Gemüse in Billig-Reis eingerollt, dazu ein paar billige Edamame-Bohnen, Billig-Wasabi und Salz statt Sojasauce. Frischer Fisch spielt übrigens nicht mit, eingelegter Ingwer fehlt auch. Das ist etwa so weit von einem echten Sushi entfernt wie eine Garette von einem Porsche.

Ist das nicht erstaunlich? Da reden jetzt alle von gesundem Essen, von Bio und Tierwürde, von Fair Food und Terroir und Handgemacht, Kochshows im Fernsehen, Foodblogs im Netz und Kochbücher in der Buchhandlung sind der Renner – und jetzt kommt die Migros mit Budget-Sushi im 400-Gramm-Pack für 9 Franken 90? Da kann ich ja genauso gut nochmal ins Ikea-Restaurant.

Also echt, danke, aber nein: Sowas kommt mir nicht auf den Teller. Ich esse keine Reis-Rugili, die so tun, als wären sie Sushi. Und ich esse auch nie wieder Ikea-Chugili, die so tun, als wären sie Fleischbällchen. Wenn ich esse, dann will ich echtes Essen. Weil es für mich selbstverständlich ist, dass man sich achtsam ernährt. Manchmal beschleicht mich allerdings das ungute Gefühl, dass auch der ganze Bio- und Gesund-Trend nur so tut, als wäre er ein Trend. Weil wir nämlich kürzlich über die Fair-Food-Initiative abgestimmt haben, und da lag die Stimmbeteiligung gerade mal bei 37 Prozent. Das bedeutet: Zweien von drei Abstimmungsberechtigten ist es völlig wurscht, was sie essen. Das ist deprimierend.

Diese schweigende Mehrheit kann man übrigens ganz leicht erkennen: Sie strahlen keine Freude aus, wenn sie am Tisch sitzen.

— **Oktober 2018** —

Mehrheitliche Reaktionen auf diese Kolumne:
«Was hesch au, die Fleischchügeli sind ämel guet.»
In diesem Fall: Bitte nochmal von vorne lesen.

Eine Frage
des Respekts

Wenn ich bei einer Tafelrunde sitze und es sind Leute dabei, die ein bisschen schnäderfräsig tun und von glutenfreiem Essen schwafeln, dann erlaube ich mir manchmal einen ziemlich derben Scherz: Ich klopfe mir kräftig auf meinen Hüftspeck und verkünde heiter: «Das Schnitzel, das wir da auf dem Teller haben, das kommt von der Sau – von hier!»

Erstaunlicherweise funktioniert dieser Test fast immer. Irgendwer legt dann Messer und Gabel nieder und sagt ganz enttäuscht: «Hou, jetzt kann ich das nicht mehr essen.»

«Aber wieso?», frage ich dann jeweils munter, denn die Antwort ist zuverlässig immer dieselbe: «Weil ich jetzt das Schwein vor meinem geistigen Auge sehe, und das kann ich nicht essen.»

Jetzt haben wir den Finger auf dem wunden Punkt: Wieso kann man problemlos ein Schnitzel essen, nicht aber eine Sau?

So. Ab jetzt wirds ungemütlich.

Natürlich ist es ganz praktisch, wenn man ein Schnitzel in der Auslage der Migros kaufen kann: einzelverpackt, keimfrei, vakuumiert und gerne auch bio. Man könnte auch sagen: quadratisch, praktisch, gut. Aber das Ding hat eben einen Haken: Das Schnitzel war mal ein Tier, und wegen dieses Schnitzels musste das Tier sterben. Und Sterben ist nicht lustig. Schlimmer noch: Um an das Schnitzel heranzukommen, musste jemand das Tier töten. Und Töten ist noch viel weniger lustig als Sterben. Das muss man wissen, wenn man Fleisch isst.

Ich persönlich habe keine Probleme damit. Ich habe selber schon Tiere getötet, um sie zu essen. Oh ja, das war hässlich. Aber das Fleisch war lecker. Ich habe meinen Frieden damit gemacht, mich auf Kosten von anderen Lebewesen zu ernähren. Weil wir genau betrachtet gar nicht drum herumkommen: Die Schlüsselblumen in meinem Tee und der Nüsslisalat auf meinem Teller waren auch mal genauso lebendige Wesen wie das Schwein und die Kuh, von denen das Fleisch stammt.

Genau deshalb bestehe ich im mindesten darauf, dass ein Tier, dessen Fleisch ich esse und das für mich sein Leben hingeben musste, zu Lebzeiten anständig und respektvoll behandelt wird. Lieber esse ich gar kein Fleisch als Fleisch, das in Massentierhaltung mit leidenden Tieren «produziert» wurde.

Nun muss man ja nicht unbedingt ein treuherzig dreinblickendes Bio-Kalb eigenhändig erschiessen, um sich eine Legitimation zum Fleischessen zu erwerben – obwohl ich finde, dass das helfen würde. Aber in unserem wunderbaren kleinräumigen Kanton haben wir immerhin die Möglichkeit, Fleisch direkt vom Bauern zu kaufen. Auf dem Hof können wir dann persönlich prüfen, ob die Tiere anständig behandelt werden und ein – nun ja: glückliches Leben vor dem unvermeidbaren Tod führen dürfen. Und vielleicht wagen Sie ja mal, bevor Sie ins nächste Schnitzel reinbeissen, einen Besuch beim Metzger. Nicht, wenn er hinter der Theke Schweinshaxen verkauft, sondern wenn er die Sau schlachtet.

— **November 2018** —

Gestern ein 7-Kilo-Mischpaket vom Turopolje-Schwein geliefert bekommen, Pro specie rara, Alpsöili, superbio. Geht ja.

Drei Vorschläge
für dem Heimweg

N atürlich wünsche ich mir im neuen Jahr zuallererst Weltfrieden.
Denn Sie erinnern sich sicher, dass ich seit der Nicht-Wahl der
Miss-Schweiz-Kandidatin Vanessa Leuzinger in gewisser Weise ihr
Statthalter bin, und für Missen ist der Wunsch nach Weltfrieden Pflicht.

80 Aber dann? Welche Wünsche kommen als nächste? Man sagt ja, dass
man sich sehr genau überlegen soll, welche Wünsche man hegt, weil sie
tatsächlich in Erfüllung gehen könnten.

Deshalb habe ich gründlich nachgedacht und mich auf einen einzigen
Wunsch beschränkt: Ich wünsche mir, dass sich jede und jeder von
uns nicht mehr soooo wichtig nimmt und nicht mehr wegen jedem
Muggenfurz in blanke Empörung ausbricht.

Unter uns gesagt: Dieses selbstherrliche Ich-Ich-Ich-Getue und dieses
dauernde Shitstorm-Geschrei in den sozialen Medien geht mir ja sowas
von auf den Geist. Umso mehr, als sich die wachsende digitale Egomanie
auch in der realen Welt auf immer unangenehmere Weise durchsetzt.
Ich persönlich finde diese Entwicklung ziemlich besorgniserregend.
Deshalb wünsche ich mir, wie soll ich sagen … mehr Unaufgeregtheit.

Und ich hätte da auch schon einen Vorschlag, wie wir das hinkriegen
könnten: Vor ein paar Wochen hatte ich eine Besprechung im Kloster
Engelberg, im sogenannten Tugendenzimmer. Dort hängen wunder-
schöne Intarsienbilder von Bruder Columban Louis selig, und sie
alle zeigen eine Tugend. Stillschweigen zum Beispiel, Demut, Hingabe
oder Einsicht, 34 sind es insgesamt. Wir konnten mit der Sitzung erst
viel später als vorgesehen anfangen, weil ich natürlich alle Bilder ganz

genau anschauen wollte. Und nach der Sitzung habe ich drei Tugenden ausgewählt (also die Tugenden, nicht die Bilder) und sie als hilfreiche Vorbilder mit auf meinen Heimweg genommen.

Das Sitzungszimmer im Kloster ist übrigens öffentlich zugänglich. Ein Besuch ist in jedem Fall hilfreich. Ich wünsche Ihnen ein gutes neues Jahr.

— **Januar 2019** —

Wie schon die Kolumne No 148 habe ich diesen Text in den Ferien ins Handy getöggeled. Diesmal tatsächlich in Vietnam – sie handelt aber von Engelberg.

Wie ich neulich
zu mir selber fand

V or einiger Zeit hab ich so ein Duschset von Kneipp geschenkt ge-
kriegt. Das sind sechs verschiedene Müsterli-Fläschchen in einem
Plastikbeutel eingepackt, ganz nach der Maxime «Minimaler
Inhalt mit maximalem Abfall», ich seh vor meinem geistigen Auge schon
Reste der Verpackung im Magen einer toten Meeresschildkröte. Aber
darum gehts heute nicht.

Letzte Woche habe ich das ganze Set zum Fitnesstraining mitgenommen
und mir zum Duschen das erstbeste rausgepickt. Und wie ich da so unter
der Brause stand und mich einschaumte, betrachtete ich das Fläschchen
und las: «Ich. einzigartig.» Die Leute von Kneipp haben ganz offensichtlich nur wenig Ahnung von Rechtschreibung, aber so heisst das Duschgel
nun mal. «Ich. einzigartig.» Mit Koriander und Grapefruit, immerhin.
Auch wenn mir bis heute nicht klar ist, warum ich wie ein Küchengewürz
duften soll.

Zuerst fühlte ich mich geschmeichelt: Natürlich bin ich der Schönste,
Beste, Grösste, der Einzigartigste! Wie zufällig liess ich ein bisschen
meine frisch gestählten Bizepse spielen und wünschte mir, ich wäre nicht
alleine in der Dusche. Aber dann fing ich an zu rechnen: In der ganzen
Schweiz stehen in den Ladenregalen Tausende, ja Hunderttausende
solcher Duschgels, Kneipp ist sogar ein international tätiges Unterneh-
men. Wir sprechen also von Millionen von Fläschchen, auf denen «Ich.
einzigartig.» steht. Aber was ist denn daran noch einzigartig, wenn sich
Myriaden von Menschen mit demselben Schlabber-Gel und demselben
Einzigartigkeits-Versprechen einschmieren? Da ist das Ich-Gefühl
doch sehr bescheiden, wenn ich es mit Tausenden von anderen Flaschen
teilen muss.

Ich war schlagartig deprimiert. Meine mächtigen Muckis fühlten sich plötzlich nur noch an wie müde Muskeln. Ich musste sofort das Duschgel wechseln. Noch halb voll Schaum und tropfend wetzte ich zu meinem Spind und kramte im Duschgel-Set nach Alternativen. «Mandelblüten hauchzart» war in diesem Moment undenkbar, da ich mich nach dieser niederschlagenden Erkenntnis selber hauchzart dünnhäutig fühlte. «Sommerglück» ging auch nicht, es ist ja Winter. Ich entschied mich für «Lebensfreude». Das half zwar auch nicht wirklich, mich wieder irgendwie einzigartig zu fühlen, aber immerhin war ich danach blitzblanksauber und roch nach Litsea cubeba und Zitrone. Vielleicht kriegte ich deshalb plötzlich Lust auf einen Mojito. Zu Hause habe ich dann auf meine Einzigartigkeit geprostet.

— **Februar 2018** —

So. Das waren 4 x 40 Kolumnen aus 16 Jahren. Wenn 40 weitere beisammen sind, werde ich ein neues Sammelheft veröffentlichen.
Bis dahin: Auf Wiederlesen in der Nidwaldner Zeitung.
Danke für Ihre Begeisterung!

Impressum

November 2019

Herausgeber: Christian Hug, Stans
Autor: Christian Hug, Stans
Lektorat: Anita Lehmeier, Stans
Gestaltung: Jacqueline Rohrer, syn gmbh, Stans
Korrektorat: Agatha Flury, Stans

© 2019 Hug, Christian
Herstellung und Verlag:
BoD – Books on Demand, Norderstedt
ISBN: 9783749497768